ALUMBRAMIENTO

VOCES / LITERATURA

COLECCIÓNVOCES / LITERATURA

Fotografía de cubierta: Antonio Arabesco
Fotografía de solapa de cubierta: Sole Miranda

Visite nuestro fondo editorial en www.ppespuma.com

Primera edición: octubre de 2006
Segunda edición: abril de 2007

ISBN: 84-95642-85-9
Depósito legal: M-13521-2007

© Andrés Neuman, 2006
© De la fotografía de cubierta, Antonio Arabesco, 2006
© De esta portada, maqueta y edición,
Editorial Páginas de Espuma, S. L., 2006
c/Madera 3, 1º izq. 28004 Madrid
Tel.: +34 915 227 251 Fax: +34 915 224 948
E-mail: ppespuma@arrakis.es

Venta en exclusiva en Argentina

Impreso en Verlap S.A.
Comandante Spurr 653, Avellaneda,
provincia de Buenos Aires.

Impreso en Argentina. Printed in Argentina

ANDRÉS NEUMAN

ALUMBRAMIENTO

PÁGINAS DE ESPUMA

Índice

OTROS HOMBRES

Ningún hombre es un héroe
para quien lo conozca.

WALLACE STEVENS

ALUMBRAMIENTO

Las matronas se quejan del ingreso de hombres en la planta de Obstetricia. La dirección del Hospital Clínico reconoce lo sucedido como «hecho aislado».

Diario IDEAL de Granada, 4–II–2003

Y era cierto que la luz entraba deshecha, cálida por los ventanales, o seamos sinceros, digamos ventanucos, y había algo más urgente que la belleza, una nueva belleza, en esa fuerza simple con que la luz colmaba la habitación del sanatorio, en cómo nos gratificaba, bienvenidos, anunciaba, toda esta claridad es porque sí, y había una violenta dulzura en aquella otra manera de sentirme hombre, yo gritaba, mi mujer me apretaba las muñecas, me iba orientando igual que a una bicicleta y yo corría, notaba que pedirle ayuda era posible, por qué no compartir también este dolor, pensaba, y aquellas enfermeras de pechos temblorosos, la cara blanca y seria del doctor Riquelme, las sábanas ásperas de tiempo, la almohada perfumada varias veces e impregnada de sudor, mi mujer hablándome al oído, todos me ayudaban a ser fuerte pidiéndoles auxilio porque un túnel corría dentro de mí, una prisa milagrosa me arrancaba la respiración para entregarme otra, dos respiraciones, así, mi amor, así, suelta despacio el aire, me llamaban los labios contraídos de mi mujer, así, así, gritaba aquella noche en la oscuridad mojada de ese hotel de no sé dónde que nos salvó de pronto, hemos recuperado la inocencia, me susurró ella después, unidos por los hombros como dos siameses, así, invádeme, gritaba, y yo ya no sabía quién estaba dentro de quién, es difícil amar para los hombres, es un riesgo ser el primero en conmoverse, en lanzarse al vacío sin saber cuál será la respuesta o hacia dónde irá la bicicleta, ser amado es distinto, nos contemplan, tan cómodo y helado, en tercera persona, ella me ama, y una tercera persona era precisamente lo que desde aquella noche iba a gestarse como una telaraña microscópica, así, vamos, invádeme, y yo pude decir al fin, por una vez en esta puta vida, que la quería sin contemplaciones y daba igual el resto, incluso la respuesta, y tan extraño darse, tómame, le dije, y ella me dio el espejo de su vientre y el ancla de su lengua y sus muslos izados pero no, había sido yo quien pronunciaba tómame, dejándome mezclar también por el remo de la noche, hemos recuperado la inocencia, me decía, con su hombro hundido en mi hombro, y era cierto que la luz entraba tímida, deshecha por debajo de la puerta como un intruso leve y un poco anaranjado, tal vez amanecía, y entonces resultó que era la hora, me vistieron despacio, me observaban en silencio, las enfermeras se ceñían unos guantes de goma como para oficiar un sacrificio, es la hora, señor, nos anunció una de las enfermeras, y la palabra hora se le colgó juguetona de un pezón por el canal inesperado de su bata, y aquel pezón era una o, la aureola de la hora de la vida, hemos recuperado la inocencia, había dicho, y su gesto de placer consagrado era el gesto de una mujer posterior, como si ya supiera, y me abrazó despacio como nunca antes nadie, soy tan feliz, le dije, y sentí un poco de vergüenza, y luego me sentí feliz de esa vergüenza, de aquel escalofrío hasta la punta de los pies, y me besaba, me besaba los pies y era yo muy pequeño y aprendía a caminar, como cuando ella intentó enseñarme a bailar y no quise, te mueves como un pato, me decía riéndose, vamos, ven a bailar, moverse así es ridículo, le contesté, o no le contesté pero me lo dije a mí mismo y la dejé sola con el baile, así beben los hombres que no van en bicicleta, mírame, aferrado a la barra con mi cara de examen y el corazón desparramado, señor, ya es la hora, y en ese momento pensé que[lo que más deseaba era enseñarle a mi hijo a caminar, no tengas miedo, le diría, esta es nuestra música y este es tu cuerpo, muévelo, tendrás que explicarle a tu madre que bailarás conmigo porque no va a creerte] vamos, mi vida, muévete, haz más fuerza, al principio todo había ido tan lento, la telaraña se gestaba minuciosa y parecía alimentarse de mí a cambio de la alegría de todas las promesas, todo tan lento entonces y ahora de pronto vamos, empuja fuerte, amor, empuja, me decía también aquella noche de oscuridad tangible en el hotel de no sé dónde que nos salvó de pronto, y yo encontré un canal que le ascendía por el vientre y nos colmaba de una luz blanca y espesa, ella gritaba mi nombre, gritábamos los dos, ¿qué nombre le pondrán?, quiso distraernos el doctor Riquelme al ver cómo sufríamos o cómo me asustaba, no lo hemos pensado, respondió mi mujer, ni siquiera estábamos seguros de si iba a ser un niño o una niña, añadió, aunque antes ella había sabido sin dudarlo qué nombre pronunciar al final del túnel que se abría ante nosotros esa noche, dijo el mío, como si me bautizase, como si hasta aquel momento yo me hubiese llamado de prestado, como si no me hubiera merecido un nombre hasta que esa mujer lo pronunció de otra manera, hemos recuperado la inocencia, dijo encendiendo el cigarrillo que encendía también la noche blanda y mi corazón a oscuras, pero no por el placer, que por supuesto redime, no ya por el placer sino por la verdad, ese canal, lo supe, había tocado fondo y se había doblado para regresar entero, rebosante de dos, pleno de luz, hasta mi propio vientre, hasta el pecho asombrado, alguien me había dado aire, no era el mío de siempre, era un aire compartido, una respiración dentro de otra, vamos, mi vida, empuja que ya viene, y respiraban alto también las enfermeras sosteniéndome los muslos, y se agitaba la nariz pigmentada del doctor Riquelme, una nariz, seamos sinceros, fea, adelante, señor, levante la cabeza y le será más fácil, dijo, y mi abdomen con surcos, germinado, y un rastrillo de sol arañándome la piel ahí muy al centro, igual que me arañaban sus uñas sin pintar, hasta el fondo, amor, me gritó aquella noche y me gritaba ahora en la habitación despintada, perfumada con ese disimulo un poco culpable de los hospitales, falta poco, señor, clavándome las uñas, y nuestras voces se unían, y uno entendía que la vida es más o menos un amor en equipo, que no existe por sí sola, qué es la vida si no hay dos voluntades enredadas y un dolor compartido, me desgarraba, la luz me desgarraba y también aquella noche las sábanas se abrían y era otro el perfume, menos disimulado, orgulloso, sin culpas, estos somos nosotros y estos son nuestros olores, ¿cómo será el olor de mi hijo?, ¿olerá sobre todo a la crema aturdida y pegajosa con que la primera vida nos entrega?, ¿resbalará contento o más bien desconcertado por el tobogán del tiempo?, ¿me aceptará?, ¿seré digno de su comienzo?, ¿y qué hacer con estas mezquindades y toda la crueldad que uno arrastra cuando un hijo nos nace, cuando un hijo nos hace, qué hacer para sentir que pese a todo nos merecemos otro principio?, pero eso también, la crueldad, las mezquindades, tendremos que ofrecérselas, son nuestras, serán suyas, hemos recuperado la inocencia, dijo ella ofreciéndome el cigarrillo a medio consumir para que yo también participara de ese humo secreto que iba tomando forma en nuestros vientres, al principio en el suyo, colmado por mi ingreso, y después ya en el mío, abriéndome canales, así es como serás, hijo, escucha, limpio como esta luz y sucio como estos ventanales, digamos ventanucos, y me darás salud y aprenderemos juntos a hablar en este idioma que no *el lenguaje falta* alcanza, menos que nunca alcanza ahora para decirte ven, bailemos, ponte en pie y camíname, vamos en bicicleta, aquí tienes el mundo, hijo, limpio y mezquino, fragante y pútrido, sincero y engañoso, dámelo a cambio nuevo, vamos, corre, vamos, rápido, chillaba mi mujer como si hasta aquel momento hubiéramos vivido mudos, repitiendo mi nombre como un descubrimiento, vamos, rápido, amor, un poco más, respira, abre bien las piernas, no te asustes, un poco más, señor, insistía la enfermera, y el esfuerzo de dar empezaba a quebrarme, a pedirme tanto que admito que dudé, que creí no poder, que me vencían, y todos los caminos apuntaron a ese instante, los recuerdos deshechos, las palabras no dichas, las coincidencias, las armas empuñadas, los lugares, las mentiras, unas pocas franquezas, todos los ángulos del tiempo convergieron en el pequeño eje de mi barriga tensa, *el falo* raramente redonda, y después descendieron a mi miembro enrojecido que vibraba apuntado hacia el techo de la habitación del sanatorio como había apuntado al ventilador antiguo de aquel hotel de no sé dónde en el que nos reencontramos, yo entrando en ella, ella entrando en mí, ya viene, amor, no pares, y era mi cuerpo entero y un globo de luz oprimida los que iban a estallar, un abismo dual que deseaba cruzar cuanto antes y a la vez quedarme contemplando durante la caída, contemplando el río blanco y espeso que corría por debajo, debajo de mi cuerpo ella corría buscando la salida, no me sostengo más, termíname, mi amor, acabemos con esto, me desplomo, no lo soporto más, grité pidiéndole auxilio y contrayendo así una nueva fortaleza, ¿tienes miedo?, me preguntó de pronto durante una pausa mientras recuperábamos el resuello, sí, tengo mucho miedo, tengo tanto miedo que incluso tengo miedo de perder el habla y todo lo que tengo, lo entiendes, sí, mi vida, el doctor Riquelme dijo empuje, sí, te entiendo, por eso estamos vivos, porque tememos] y el hombre temeroso que yo era pudo empujar de nuevo en contra del dolor que tiraba hacia adentro, que escondía la cabeza, y el doctor Riquelme apartó a mi mujer y me miró a los ojos y me dijo no podemos demorarlo demasiado, empuje más, no ceda, y con su mano enguantada tomó mi miembro hinchado y presionó el contorno, distribuyó los dedos y apretó hasta el fondo con una facilidad inesperada, como si nada hubiera en medio excepto aire, yo grité, grité el nombre del doctor y mi nombre y el nombre de mi esposa y otro nombre cualquiera, y entonces comprendí que aquel sería el nombre de mi hijo, que acababa de llamarlo, ven, ven, hijo, me llamaba mi padre intentando enseñarme a disparar las tardes de verano, toma esta escopeta, ven, voy a enseñarte bien para que nunca nadie te haga daño, ¿ves aquella lata?, ¿sí?, vamos, dispárale, vamos, mi vida, empuja un poco más que ya aparece, y yo cerré los ojos, no quería ver cómo salía aquella bala camino del destino y perforaba la lata de cerveza que habíamos colocado entre las ramas, mi padre sonreía, soy muy feliz, gritaba yo con la voz de mi mujer que repetía soy feliz con mi voz raptada, un momento, le indicó el doctor a una de las enfermeras, un momento, dije mirando el rostro risueño de mi padre con su escopeta al hombro, un momento, y entonces vi que humeaba, que su escopeta grande humeaba junto con la mía y vi la lata de cerveza con su impecable agujero en el centro y no estuve seguro, yo apenas podía sostener el arma pero la bala había volado exactamente hasta la lata y mi padre sonreía travieso, me acariciaba la cabeza y la enfermera forzó un poco la abertura del glande, un agujero perfecto, cálido, en el centro de la lata, casi como un ombligo, mi miembro se erguía a ratos y se desmayaba debajo del ombligo y entendí que el dolor era otra costumbre, que en el dolor también late un esbozo de placer al abrirse en dos mitades para que brote un amor sin nombre, ahí, ahí llega, y era una bendición la herida de sus uñas sin pintar en mis muñecas, y la noche envolvía la boca desdibujada de mi mujer aullando vamos, y la cama se aguaba y nos hundíamos, te quiero tanto, tan mezquinamente, y en medio del desmayo sentí cómo uno de los pechos triangulares de la enfermera joven me rozaba una pierna dejándome un surco de luz blanca y nutritiva sobre el muslo, y mi entrepierna dio un respingo y se rehizo en otra flor más roja, en una flor de pétalos arrancados, y aquello fue lo último que vi porque enseguida me atropelló el torrente, había sido tan hermoso, tan mezquino llevarlo dentro de mí como se esconde un secreto que poco a poco habrá que compartir, sale, sale, tenerlo haciendo tramas en las paredes interiores, rozar tal vez sus dedos a través de la membrana, escuchar sus quejas submarinas, su bucear impaciente, sus patadas al mundo, así es como te tratan, hijo, ya lo ves, dijo mi padre el día de mi primera pelea, a patadas siempre, y mi madre le decía calla, déjalo, y mi padre le contestaba tú qué sabes, que el niño sepa cómo es el mundo, así van a tratarte siempre, pero tal vez esas patadas en el vientre, pienso, eran los primeros pasos de un futuro hombre tímido al que le gustaría aprender a bailar, ser fuerte de otro modo como esa belleza urgente que entraba por los ventanales, digamos ventanucos del sanatorio, muévase señor, muévete, hijo, verás qué buen lugar para bailar, por supuesto que también hay escopetas y patadas, eso ya lo verás más tarde, pero ahora entrégate, ofrécele tu boca al aire, siente a tu madre apretándonos la muñeca para acompañarnos a ver el miedo, el dulce acantilado, ella ha trabajado tanto, sabes, hijo, mientras tú te tejías, mientras me hacías hombre girando entre mi corazón y mis pulmones, ahora sí que sí, respire hondo, y algo se deslizó también por mis esfínteres, algo como una tersa serpentina, ya no tenía nada, me estaba vaciando, y estuve un rato quieto, muerto, enorme, con todas las entrañas y la vida al aire hasta que sí, estalló mi miembro entre los nudos de las sábanas, incluso más que cuando abrimos el canal aquella noche, más de lo que estallaba la mañana en la ventana o de lo que explota una escopeta que pretende defenderse disparando primero, el doctor Riquelme retiraba la mano deslumbrado por el chorro de luz y el festival de gritos y el concierto de sangre que resonaba como un órgano en toda la habitación hasta donde esperaba mi mujer diciéndonos: hemos abandonado la inocencia, y un llanto que no era nuestro alborotó las sábanas, el dolor, las membranas, las paredes, todo lo atravesó para surgir desde el canal de mis venas dilatadas como cordeles, para rozar los bultos expectantes de los testículos y derramarse entre las manos del doctor Riquelme, que lo mira y me mira y comprende que aquel niño es el mismo que seré, el que aún no he sido, el que no pude ser, y que aquella es mi cara y es idéntica y es otra y que acabo de engendrarme, y por eso la mujer que amé y me amó hasta el fondo de una noche veloz llora conmigo, hoy o mañana, abrazando a las enfermeras.

UNA RAYA EN LA ARENA

Ruth hacía montañas con un pie. Cavaba con el dedo gordo en la arena tibia, formaba montoncitos, los ordenaba, los alisaba cuidadosamente con la planta del pie, los contemplaba un rato. Luego los destruía. Y volvía a empezar. Tenía los empeines rojizos, le ardían como piedras solares. Llevaba las uñas pintadas de la noche anterior.

Jorge estaba desenterrando la sombrilla, o intentándolo. Hay que comprar otra, murmuró mientras forcejeaba. Ruth fingió no haberlo escuchado, aunque no pudo evitar sentirse irritada. Era una banalidad como cualquier otra, claro. Jorge chasqueó la lengua y apartó la mano de la sombrilla bruscamente: se había pillado un dedo con una de las pinzas. Una banalidad, pensaba Ruth, pero la cuestión es que él no había dicho «tenemos que comprar otra sombrilla», sino «hay que comprar». De un tirón, Jorge consiguió plegar la copa de la sombrilla y se quedó estudiándola con los brazos en jarra, como si esperase la última reacción de una criatura vencida. Casualidad o no, mira por dónde, él ha dicho «hay» y no «tenemos», pensó Ruth.

Jorge sostenía en ristre la sombrilla. La punta estaba carcomida por lenguas de óxido y manchada de arena húmeda. Él se fijó en los montoncitos de Ruth. Luego buscó sus pies con heridas de las sandalias, ascendió por las piernas hasta el vientre, se detuvo en los pliegues que se acumulaban alrededor del ombligo, su mirada continuó por el torso, pasó entre los pechos como a través de un puente, saltó a la mata salada del cabello, y finalmente resbaló hasta los ojos de Ruth. Jorge se dio cuenta de que, reclinada en su silla de lona, haciéndose visera con una mano, ella también lo observaba desde hacía un rato. Él sintió una ligera vergüenza sin saber muy bien de qué, y sonrió arrugando la nariz. A Ruth le pareció que él había exagerado ese gesto, porque en realidad estaba de perfil al sol morado. Jorge levantó la sombrilla como un trofeo inoportuno. Qué, ¿me ayudas?, preguntó en un tono que a él mismo le sonó irónico, menos benevolente de lo que había pretendido. Arrugó de nuevo la nariz, volvió un instante la vista al mar, y entonces escuchó la sorprendente respuesta de Ruth:

—No te muevas.

Ruth empuñaba una raqueta de madera. El canto de la raqueta descansaba encima de sus muslos.

—¿Quieres la pelota? —preguntó Jorge.

—Quiero que no te muevas —dijo ella.

Ruth levantó la raqueta, se irguió y extendió un brazo para trazar lentamente una raya en la arena. Era una línea no muy recta, más o menos de un metro de longitud, que separaba a Ruth de su marido. Al terminar de dibujarla, ella soltó la raqueta, se acomodó otra vez en la silla de lona y se cruzó de piernas.

—Muy bonita —dijo Jorge, entre la curiosidad y el fastidio.

—¿Te gusta? —contestó Ruth—. Entonces no la cruces.

En la playa empezaba a levantarse un aire húmedo, o Jorge lo notó en ese momento. Le daba pereza soltar la sombrilla y el resto de los bártulos que llevaba colgados del hombro. Pero sobre todo le daba infinita pereza empezar a jugar a quién sabía qué. Estaba cansado. Había dormido poco. Sentía la piel sudada, arenosa. Tenía urgencia por darse una ducha y salir a cenar algo.

—No te entiendo —dijo Jorge.

—Me lo imagino —dijo Ruth.

—Oye, ¿vamos o no?

—Haz lo que quieras. Pero no cruces la raya.

—¿Cómo que no la cruce?

—¡Veo que ya lo entiendes!

Jorge dejó caer las cosas; le extrañó que hicieran tanto ruido al aterrizar en la arena. Ruth se sobresaltó un poco, pero no se movió de su silla de lona. Jorge contempló la línea de izquierda a derecha, como si hubiera algo escrito sobre ella. Dio un paso hacia Ruth. Vio cómo ella se contraía y se aferraba a los brazos de la silla.

—Esto es una broma, ¿no?

—Esto es de lo más serio.

—Vamos a ver, cariño —dijo él, frenando ante la raya—. Qué te pasa. Qué haces. La gente se está yendo, ¿no lo ves? Es tarde. Hay que irse. Por qué no eres razonable.

—¿No soy razonable porque no me voy al mismo tiempo que los demás?

—No eres razonable porque no sé qué te pasa.

—¡Ah! ¡Qué interesante!

—Ruth... —suspiró Jorge, haciendo ademán de ir a tocarla—. ¿Quieres que nos quedemos un rato más?

—Lo único que quiero —dijo ella— es que te quedes de ese lado.

—¿De qué lado, carajo?

—De ese lado de la raya.

Ruth reconoció en la sonrisa escéptica de Jorge una contracción de ira. Era sólo un temblor fugaz en la mejilla, un asomo indignado que él sabía controlar fingiendo condescendencia; pero allí estaba. Ahí lo tenía. De pronto parecía que ahora o nunca.

—Jorge. Esta raya es mía, ¿entiendes?

–Esto es absurdo –dijo él.

–Seguramente. Por eso mismo.

–Vamos, dame las cosas. Demos un paseo.

–Quieto. Atrás.

–¡Olvida esa raya y vamos!

–Es mía.

–Es una chiquillada, Ruth. Estoy cansado...

–¿Cansado de qué? Vamos, dilo: ¿de qué?

Jorge cruzó los brazos y se arqueó hacia atrás, como si hubiera recibido un empujón del viento. Vio venir el doble sentido y prefirió ser directo.

–No me parece justo. Estás tomando mis palabras al pie de la letra. O no, peor: las interpretas de manera figurada cuando te hacen daño, y las tomas literalmente cuando te conviene.

– ¿Sí? ¿Tú crees, Jorge?

–Ahora, por ejemplo, te he dicho que estaba cansado y te haces la víctima. Actúas como si yo hubiera dicho «estoy cansado de ti», y...

–¿Y no era eso lo que en el fondo necesitabas decir? Piénsalo. Pero si hasta sería bueno. Anda, dilo. Yo también tengo cosas que decirte. ¿Qué es lo que te cansa tanto?

–Así no puedo, Ruth.

–¿Así, cómo? ¿Hablando? ¿Siendo sinceros?

–No puedo hablar así –contestó Jorge, volviendo a recoger lentamente las cosas.

–Recibido –dijo ella, desviando la vista hacia las olas.

Jorge soltó las cosas de pronto y quiso agarrar la silla de Ruth. Ella reaccionó levantando un brazo en señal de defensa. Él comprobó que estaba realmente seria y se detuvo en seco, justo frente a la línea. Estaba ahí. Ya la rozaba con la punta de los pies. Pensaba en dar otro paso. En pisar fuerte la arena. En restregar los pies y terminar de una vez con aquello. Jorge se sintió estúpido por su propia precaución. Tenía los hombros tensos, levantados. Pero no se movió.

–¿Quieres dejarlo ya? –dijo.

Se arrepintió enseguida de haber formulado la pregunta de ese modo.

–¿Dejar el qué? –preguntó Ruth, con una sonrisa dolientemente complacida.

–¡Me refiero a este interrogatorio! Al interrogatorio y a esa raya ridícula.

–Si tanto te incomoda nuestra charla, podemos dejarla aquí. Y si te quieres marchar a casa, adelante, que disfrutes de la cena. Pero lo de la raya, eso ni hablar. No es ridícula y no la cruces. No pases por ahí. Te lo advierto.

–Estás imposible, ¿lo sabes?

–Lamentablemente, sí –contestó Ruth.

Jorge percibió, desconcertado, la franqueza de su respuesta. Se agachó a recoger de nuevo las cosas murmurando palabras inaudibles. Removía enérgicamente el contenido de la cesta de playa. Ordenaba una y otra vez los botes de bronceador, apilaba con furia las revistas, volvía a plegar las toallas. Por un momento, a Ruth le pareció que los ojos de Jorge se aguaban. Pero lo vio recobrar paulatinamente la compostura hasta preguntarle, mirándola con fijeza:

–¿Me estás poniendo a prueba, Ruth?

Ruth notó cómo la ingenuidad casi brutal de aquella pregunta le devolvía un eco de nobleza: como si Jorge pudiera equivocarse, pero no mentirle; como si en él fuera posible cualquier deslealtad, excepto la malicia. Lo vio agachado a sus pies, desorientado, con los hombros a punto de despellejarse, con menos cabello que hacía unos años, familiar y desconocido. Tuvo el impulso de atacarlo y a la vez de protegerlo.

–Vas por ahí avasallando –dijo ella– pero vives temiendo que te juzguen. Me parece un poco triste.

–No me digas. Qué profunda. ¿Y tú qué?

–¿Yo? ¿Que en qué me contradigo? ¿En qué noto que me equivoco siempre? En muchas cosas. Muchísimas. Qué te crees. Por empezar, soy una estúpida. Y una miedosa. Y una resignada. Y finjo que podría vivir como no puedo. Pensándolo bien, no sé qué es más grave: no darse cuenta de algunas cosas, o darse cuenta y no hacer nada. Por eso mismo, ¿entiendes?, he trazado esta raya. Sí. Es infantil. Es fea y pequeñita. Y es lo más importante que he hecho en todo el verano.

Jorge se quedó con la vista perdida más allá de Ruth, como siguiendo la estela de sus palabras, sacudiendo la cabeza con un gesto en el que luchaban el disgusto y la incredulidad. Luego el rostro se le congeló en una expresión irónica. Comenzó a reírse. Su risa sonaba a tos.

—¿Qué, no dices nada? ¿Se te ha ido la fuerza? —dijo Ruth.

—Eres una caprichosa.

—¿Te parece un capricho lo que te estoy diciendo?

—No sé —dijo él, incorporándose—. A lo mejor no exactamente caprichosa. Pero orgullosa, sí.

—No es sólo una cuestión de orgullo, Jorge, sino de principios.

—¿Pues sabes qué te digo? Que tú defenderás muchos principios, serás todo lo analítica que quieras, te creerás muy atrevida, pero lo que en realidad estás haciendo es esconderte detrás de una raya. ¡Esconderte! Así que hazme el favor de borrarla, de recoger tus cosas y discutirlo tranquilamente en la cena. Voy a pasar. Lo siento. Todas las cosas tienen un límite. Mi paciencia también.

Ruth se levantó como un resorte liberado, volcando la silla de lona. Jorge se detuvo antes de haber dado un paso.

—¡Ya lo creo que todo tiene un límite! —gritó ella—. Y claro que te gustaría que me escondiese. Pero esta vez no te hagas ilusiones. Tú no quieres una cena: tú quieres una tregua. Y no la vas a tener, me oyes, no la vas a tener hasta que aceptes de una vez que esta raya se borra cuando yo diga, no cuando tú te impacientes.

—Me sorprende que te pongas tan autoritaria. Después te quejas de mí. Me estás prohibiendo acercarme. Yo no hago lo mismo contigo.

—Jorge. Mi vida. Escucha —dijo Ruth bajando la voz, acomodándose el flequillo, recomponiendo la silla y sentándose de nuevo—. Quiero que me prestes atención, ¿de acuerdo? No es que haya una línea. Es que hay dos, ¿me entiendes?, siempre hay dos. Y yo veo la tuya. O intento verla, al menos. Sé que está ahí, en alguna parte. Te propongo una cosa. Si te parece injusto que esta raya se borre cuando yo diga, traza tú otra, entonces. Es fácil. Ahí tienes tu raqueta. ¡Haz una raya!

Jorge soltó una carcajada.

—Te estoy hablando en serio, Jorge. Explícame tus reglas. Muéstrame tu territorio. Dime: de esta raya no pases. Verás cómo jamás intentaré borrarla.

—¡Qué lista! Claro que no la borrarías, porque yo nunca haría una raya como esa. Ni se me ocurriría.

—Pero si la trazaras, ¿hasta dónde llegaría? Necesito saberlo.

—No llegaría a ningún lado. No me gustan las supersticiones. Prefiero comportarme con naturalidad. Quiero poder pasar por donde tenga ganas. Pelearme cuando de verdad suceda algo.

—Lo único que quiero es que mires un poco más allá de tu territorio. Que respetes ciertas cosas —dijo ella.

—Lo único que quiero es que me quieras —dijo él.

Ruth pestañeó varias veces. Se frotó los ojos con ambas manos, como intentando limpiarse todo el viento húmedo que la había golpeado aquella tarde.

—Es la respuesta más terrible que podías haberme dado —dijo Ruth.

Jorge la contemplaba con apenado asombro. Pensaba en acercarse a consolarla y sospechaba que no debía. Le picaba la espalda. Le dolían los músculos. El mar se había tragado la pelota del sol. Ruth se tapó la cara. Jorge bajó la vista. Miró la raya una vez más: le pareció que medía más de un metro.

FUMIGANDO EN CASA

Su casa es la de enfrente. Nosotros vivimos aquí, y allí las cucarachas.

La puerta de la casa de la Bruja está más vieja que la Bruja. Salvo cuando el cielo se nubla, la Bruja no sale nunca de día: la luz la desintegraría inmediatamente. Algunos vecinos dicen que ella es capaz de ver en la oscuridad, pero yo no me lo creo. ¿Entonces para qué iba a querer esas gafas tan gruesas? A veces, al volver de la escuela, me parece ver a través de los hierros del ascensor una sombra que se escurre por el pasillo. Entonces intento ser valiente, trago saliva, abro la puerta del ascensor, asomo la cabeza y pienso en pronunciar su nombre: porque la Bruja, aunque parezca mentira, tiene un nombre. No es que yo no me atreva a hacerle frente, pero tardo tanto en decidirme que cuando empiezo a sentir que la boca se me llena del nombre pegajoso de la Bruja, ya no se ve a más nadie en el pasillo. O a lo mejor es que no había nadie.

Hablando de eso, la Bruja tiene un hijo. Por lo menos uno. Porque vete a saber a cuántos se ha comido. Aunque hay uno que todavía sobrevive: le gusta que lo llamemos Bicho y es de lo más simpático. Trabaja en muchas cosas. Está siempre ocupadísimo. Yo le estoy agradecido, porque me trata como si fuera mayor de lo que soy. Y eso, con los mayores, es bastante difícil. Parecen empeñados en que uno no sepa las cosas, así ellos tienen siempre algún secreto que guardarse. Con Bicho pasa todo lo contrario: me habla de cosas que no acabo de entender como si ya tuviera que saberlas. Cuando se ríe, Bicho me da un poco de miedo.

Algunos vecinos me han jurado que frente a la puerta de mi casa, en la casa de la Bruja, hay un estercolero enorme que ocupa toda la cocina y las habitaciones principales. Dicen que hace un montón de años que nadie ve a la Bruja bajando la basura, y eso es una prueba casi definitiva de que todo lo que comen, usan o tiran en esa casa va a parar al suelo. Mi madre oye esas cosas y sonríe, pero yo no puedo evitar imaginarme el dormitorio de la Bruja como una región húmeda, verde y con volcanes, montañas malolientes y todo eso. Me imagino la cama de la Bruja sobre una mole de desperdicios y cosas antiguas, y en la cima un colchón amarillento con los resortes salidos. Al despertarse, la veo bajando y buscando un llano con un estanque de lava, la veo tomando un baño entre burbujas rojas, riéndose a carcajadas, feliz de ser horrible, con sus tetas enormes. La otra noche soñé algo así y, no sé cómo, me desperté con el pantalón del pijama pegajoso.

También cuentan los vecinos que a lo largo del pasillo de la casa tienen instalada una sala de torturas, donde Bicho es castigado cuando no le sale bien algún trabajo: aparatos terribles como los de un gimnasio, llenos de agujas, cuerdas y engranajes. Esto sí que podría ser cierto, porque muchas noches oigo desde mi cuarto unos gritos terribles en la casa de enfrente. A mí a veces me entra miedo. Tampoco mucho. Un poco. Pero a mi madre sólo parece preocuparle que no entren en casa las cucarachas, que no traspasen la trinchera de veneno que cada mañana ella dibuja con aerosol en el pasillo. A mí me parece que aunque el veneno nos proteja del ejército de cucarachas, también nos obliga a quedarnos encerrados sin poder salir. ¡Te he dicho que no salgas, niño, cierra esa puerta ahora mismo!, me grita mi madre cuando intento invadir la frontera. Yo miro a mi padre pidiéndole ayuda sin que parezca que le pido ayuda. Querida, dice mi padre entonces, sin que parezca que sabe que le he pedido ayuda, oye, querida, el chico tampoco se nos va a morir por pisar un poco de veneno, ¿no te parece? Pues no, no me parece, le contesta mi madre cruzándose de brazos y estirando una pierna hacia adelante, con sus tobillos gruesos, no, no me parece: lo que a mí me parece es que tú, hasta que al chico no le pase algo, no vas a preocuparte nunca.

Mi madre, la verdad, exagera un poco. Y además mi padre se preocupa por mí todo lo que puede. Por ejemplo, hace colas muy largas para comprarme entradas para el fútbol. Y son entradas carísimas. Lo malo es que a mi madre eso también le parece una imprudencia. ¿Y si atacan al niño, eh, tú que harías, pegarte tú solito con esos animales para defenderlo, eh, dime qué harías? Yo no sé de qué se asusta tanto mi madre, si vivimos defendiéndonos de unos insectos negros que atacan por las noches. Hablando de eso, dicen los vecinos, yo no lo sé, pero cuentan que por las noches desfilan en secreto por la puerta de enfrente un montón de hombres para estar con Miriam, la sobrina de la Bruja. Son cosas que pasan, cuentan, no lo sé, a unas horas en las que estoy dormido. Por eso hace semanas me hice el propósito bien firme de quedarme con los ojos abiertos hasta la madrugada, y entonces deslizarme hasta la puerta y espiar por la mirilla para ver a esos hombres que llaman de mala vida desfilando de uno en uno, ver a la Bruja abriéndoles la puerta, espantosa y satisfecha de ser fea, o a lo mejor si hay suerte ver a Miriam saliendo a recibirlos en camisón, descalza, regando de perfume el camino que más tarde, cuando los hombres de mala vida se hayan ido y la Bruja ande por ahí volando y Bicho se escape con sus amigos y Miriam duerma, recorrerán las cucarachas. Pero siempre, en mitad de la guardia, notaba que empezaba a entrarme sueño y a la mañana siguiente no recordaba bien qué había sucedido, despiértate, querido, que vas a llegar tarde.

¿Miriam es realmente la sobrina de la Bruja? Yo no digo que no, pero mucho menos digo que sí. Como mínimo hay dos cosas que no entiendo. La primera, cómo un ángel como ella iba ser hija de la hermana de una hechicera. Cómo esos pies descalzos, tibios como la sopa del domingo, iban a ser de la misma familia que las zapatillas viejas de la Bruja. La segunda cosa que no entiendo es por qué, entonces, si Miriam de verdad es sobrina de la bruja, he visto a Bicho haciéndole esas cosas en un rellano de las escaleras. Un día le pregunté a Bicho qué edad tenía Miriam. Él se rió con la bocaza bien abierta, como si quisiera morderme, y me contestó que algunos años más que yo y algunos menos que él. ¿Pero cuántos, cuántos?, repetí impaciente, sin importarme si algún vecino nos oía o si mi madre aparecía por el pasillo, ¿cuántos años?, y Bicho volvió a hablarme en clave, como si yo supiera de qué me hablaba. Mírale las caderitas, dijo, y te darás cuenta.

Parece que uno al hacerse mayor tuviera la obligación de darse cuenta de esto y de aquello. Pero nadie te explica nada, y uno se pregunta quién les ha explicado a ellos. Hasta que pasó lo del baño, por ejemplo, no terminé de entender por qué mi madre se preocupaba tanto con las cucarachas. Una cosa era rociar aquí y allá, y otra cosa muy distinta fue sorprender a mi madre apuntándolo a mi padre con el bote de insecticida. Lo más raro es que mi padre no se defendía, parecía estar esperando a ser rociado o como arrepentido. Mi madre en cambio parecía nerviosísima y le hacía reproches hablándole muy cerca de la cara, como si las cucarachas estuvieran a punto de salir de las narices de mi padre. Yo, por si acaso, huí a mi habitación. Hasta que por fin, esa misma noche, pude darme cuenta de todo.

Esa misma noche me había vuelto a hacer el propósito bien serio de quedarme despierto hasta la madrugada, sentado en la cama con los ojos abiertos como un centinela en un fuerte. Imaginaba a la Bruja tras la puerta de enfrente, hablando con las cucarachas en su idioma, dándoles instrucciones para saltar nuestras trincheras venenosas y colarse en nuestra casa. Imaginé a Bicho en la calle, sin haber cumplido con alguno de sus trabajos y con miedo a regresar. Vi a Miriam en camisón, esperando igual que yo, recostada en la única habitación sin desperdicios de la casa, perfumada como ella... Y ya iba notando que sin querer me entraba el sueño, que los ojos se me cerraban, cuando me pareció oír unos ruidos en el baño y después en la puerta de casa. Estuve un rato largo sin parpadear. No volví a escuchar nada. No sabía si seguir esperando o si taparme con las mantas. Al final me levanté de un salto, un poco por valiente y otro poco por las ganas de hacer pis. Avancé con cuidado hasta el baño y encendí la luz: al principio no vi nada, pero enseguida, increíble, en el centro de las baldosas, descubrí una cucaracha bebé que daba vueltas sin saber hacia dónde escapar. ¡Por fin!, pensé, ¡por fin nos han invadido! Traté de sentir preocupación, aunque yo más que nada me notaba entusiasmado. Era la hora de la acción. Había llegado el momento de combatir. Aplasté decididamente a la cucaracha, revisé todos los rincones y después fui corriendo hasta la puerta. ¡No pasarán! Por fin era el primer testigo de algo importante, un centinela con éxito. La casa estaba a oscuras. Como no quería que mi madre se despertara, encendí solamente la luz que ilumina el pasillo de fuera y me puse a espiar por la mirilla, dispuesto a resistir en mi puesto hasta que llegasen en fila las cucarachas entrenadas por la Bruja. El corazón me latía como un caballo de carreras. Ahora sí que me había despejado. Me quedé esperando un rato. Y la verdad es que hubo suerte, porque no tardé mucho en darme cuenta de que mi madre no exageraba tanto: la amenaza era cierta, y entonces no sobraban el veneno ni los nervios ni todos sus reproches. Y mi padre lo sabía y se me había adelantado, los mayores siempre se me adelantan, y por eso esa noche me di cuenta de que la batalla era inevitable, cuando a través de la mirilla descubrí a mi heroico padre saliendo de la casa de la Bruja, regresando de puntillas con nosotros, seguro que después de fumigarla.

CÓMO MATÉ A JOHN LENNON

Fui yo quien mató a Lennon, pero no fui su asesino. Aquel invierno se ponía crudo. Yo disparé el revólver.

Merodeaba por la calle 72 como tantas otras veces, con las solapas del abrigo rozándome las orejas. Trataba de reunir un poco de valor para acercarme al edificio Dakota. Por casual que resultara, hoy me avergüenza pensar que ese maldito 8 de diciembre un lunático y yo concibiésemos más o menos la misma idea. *I am not what I appear to be.* Así que caminaba aplastando la escarcha. Nada más. Un paseo nocturno, un autógrafo y listo. *Let me take you down.*

De espaldas al oeste de un Central Park helado me asaltó ese terror que, desde entonces, no he podido dejar de interpretar como un augurio. Un terror más helado que aquel viento, más resbaladizo que la escarcha, más incierto que la guardia que inicié, apostado ya frente a la entrada del Dakota, esperando a John Lennon. El corazón me latía o, por así decirlo, no cesaba de girar sobre su eje bajo la lana negra. El *single* y el bolígrafo aguardaban dentro del abrigo. De vez en cuando los palpaba e intentaba tranquilizarme con sus formas familiares. En este momento del recuerdo me parece como si lloviznara, pero creo que me equivoco. Eran alrededor de las diez de la noche y estaba sorprendido: de acuerdo con las informaciones de las que disponía, él debía haber vuelto para prepararle la cena a su hijo. Se decía que ahora madrugaba y que hacía vida de padre ejemplar; lo cual, a aquella rebelde edad nuestra, tendía estúpidamente a decepcionarnos. Aunque también venía militando como estandarte de la paz; lo cual, en aquella ilusa juventud nuestra, tendía ingenuamente a entusiasmarnos. Tras consultar por enésima vez mi reloj, pensaba en desistir cuando una silueta desgarbada, menos alargada de lo previsto bajo su ostentoso abrigo de piel, dio la vuelta a la esquina de Central Park West con la 72. Comenzó a acercarse con pasos zigzagueantes, algo cómicos. El corazón me dio un vuelco y sentí un picor en los ojos: *The eagle picks my eye.* Infinidad de veces me había jurado no parpadear siquiera cuando llegase aquel momento y, sin embargo, mientras terminaba de buscar la nitidez apretando los párpados, vi pasar la espalda larga de Lennon a dos metros de mí. Alcancé a observar que iba afeitado, aunque no perfectamente, y que llevaba las gafas en la punta de la nariz, más al estilo de un abuelito sureño que al estilo de un intelectual de Oriente. Estos detalles me serenaron un poco, como si la posibilidad de abordarlo se hubiera vuelto mucho más factible y natural que un minuto atrás. *Come together right now over me.*

Él presionó un botón del panel que había junto al arco del portal, mientras con la otra mano revolvía en su abrigo de piel como quien busca un encendedor. Pese a lo que más tarde repetiría todo el mundo, debo decir que Lennon iba solo. Y allí, junto al primer portón del edificio Dakota, comprendí que si no le hablaba entonces no sería capaz de hacerlo nunca. Di dos pasos, la sangre se me heló. Pero di otros dos pasos y sentí una euforia casi animal, como si hubiese traspasado una frontera invisible y a partir de aquel punto cualquier cosa pudiera suceder. Él no se percató de mi presencia hasta que abrí la boca y de mis labios rígidos brotaron tres palabras roncas, tres palabras de vaho que no alcanzaron a continuar: Perdone, señor Lennon... Él se volvió bruscamente, aunque su expresión me pareció más bien relajada. Me estudió con la mirada, y me temo que identificó mi condición de inmediato. No sé por qué de algún modo esto hirió mi orgullo: yo era en efecto un simple admirador, pero él no tenía por qué advertirlo tan pronto y sin mediar presentación. Me notaba alterado, las palabras se me atragantaban. *Half of what I say is meaningless...* Con indulgencia, Lennon deshizo el nudo preguntándome cómo me llamaba. A veces pienso que pudo tratarse de una simple fórmula de cortesía; otras veces me parece que aquello fue lo mejor que Lennon pudo preguntarme. *Nowhere man, the world is at your command.* Devuelto a mi modesta identidad, le contesté vocalizando muy bien mi apellido, como si pretendiera que él lo memorizase, y a continuación le manifesté mi deseo de que me firmara un *single* más un autógrafo aparte para llevar en la billetera. Para mi sorpresa, o al menos en contra de mis temores, Lennon dijo «encantado» y luego dijo «pasa». Estuve a punto de preguntarle adónde; pero, repuesto de la conmoción, me hice a un lado para dejarlo pasar y entré tras él.

Franqueamos un segundo portón enrejado. Mientras caminábamos hacia el ala derecha del edificio, él me preguntó si estudiaba. Yo le dije que sí, y me atreví a añadir que tocaba la guitarra. Lennon hizo un gesto raro con la boca y las cejas, que podía significar tanto «qué bien» como «otro más». Mientras yo mencionaba atropelladamente los títulos de algunas de sus últimas canciones, accedimos a una nueva entrada. Lennon jugueteaba con un llavero y parecía tener ganas de charla. Esto tengo que contarlo, pensé, justo antes de que él dijera: ¿Quieres un capuchino?, y a mí me temblasen las piernas de pura incredulidad mientras él insistía: Por mí, puedes subir, será sólo un momento, he olvidado unos papeles en casa y tengo que volver al estudio. ¿Va a grabar otro disco?, le pregunté. Pero Lennon se limitó a sonreír e introdujo la llave en la cerradura. Anda, pasa –dijo–, estás de suerte, hoy estoy de buen humor: mi hijo Sean ha aprendido a escribir su nombre. *Beautiful boy.*

Hoy veo moverse a Lennon muy lentamente, al contrario que entonces. Veo detalles en aquel recibidor que no podría asegurar si existieron. Sí recuerdo con toda exactitud a Chapman, de pie junto a las puertas del ascensor. No sé cómo había entrado. No debió, en todo caso, de resultarle fácil, ni debía de ser aquella la primera vez que lo intentaba. Pero fue esa noche maldita, y no otra noche, cuando tuvo éxito. Chapman era rubio, tenía cara de morsa y llevaba puesto un impermeable que fue abriendo poco a poco mientras se acercaba a Lennon con una sonrisita mansa. Pude advertir que era flaco, aunque fofo de vientre. Daba la impresión de ser completamente idiota. Señor Lennon, pronunció, en un tono muy distinto del que yo había empleado en la puerta del Dakota. No sé si sonaría presuntuoso afirmar que ya entonces me alarmé. *Somebody calls you, you answer quite slowly.* El caso es que John, en cambio, no pareció percibir nada extraño y respondió con un «¿Sí?» entre cansado y distraído. *You can talk to me.* Pero Chapman, sin dejar de sonreír, cara de morsa, siguió abriendo su impermeable y esos ojos mojados que empezaban a inflamarse. *I should have known better.* Lennon se volvió hacia mí, como diciéndome «encárgate tú de echarlo». Fue por eso que no vio cómo el revólver asomaba del cinturón de Chapman. *Oh, you can't do that.* Yo avancé y me interpuse. *Yes, I'm gonna be a star.* Es posible que ni siquiera entonces Lennon comprendiera lo que estaba sucediendo, porque mi cuerpo le obstruía la visión –ya de por sí limitada en aquel recibidor sin luz–, e incluso se me ocurre que todo pudo parecerle una lamentable escena de histeria entre dos fans. Tomé del brazo a Chapman, que ya empuñaba su revólver. Caí encima de él. *Nothing to kill or die for.* Forcejeamos en el suelo. Busqué apresarle las muñecas. Chapman poseía la fuerza remota de los desesperados. *Happiness is a warm gun.* Detrás de mí, de pronto, resonó un estruendo que ascendió velozmente por las escaleras como un tornado. *Mother superior, jump the gun.* Boca arriba en el suelo, Lennon sangraba. *I don't wanna be a soldier, mamma, I don't wanna die.* Vi que tenía convulsiones y que su pecho se inundaba rápido. *I'm losing you.* Me incorporé. Resonó otro disparo. Luego varios más seguidos. *One and one and one is three*: y allí estábamos los tres, un Beatle, Chapman y yo en el recibidor del Dakota, a las once y cinco de la noche, cada uno muerto a su manera.

Fui yo quien mató a Lennon, pero no fui su asesino. Mientras forcejeaba con Chapman, al intentar desviar su puño tembloroso de la trayectoria de su víctima, que –ahora sí– lo miraba atónita por detrás de sus gafas, advertí con toda claridad cómo por un instante mi propio dedo índice se deslizaba por el hueco que quedaba en el gatillo, cómo lo presionaba y cómo se retiraba con aterrada violencia, ya demasiado tarde. El siguiente disparo sobre Lennon, al igual que los restantes, los dio en efecto Chapman; pero ya se trataba de los tiros de gracia. Primero, por instinto, atiné a protegerme de un posible ataque suyo. Aunque enseguida comprobé que Chapman había realizado su sueño y ya ni tan siquiera me veía, que no se movería más y seguiría contemplando el cuerpo ensangrentado de Lennon, fascinado como los dementes a quienes la realidad les da por fin la razón. Sé de sobra que John cayó ahí, y no en otro sitio. Así que si minutos más tarde lo encontraron tendido bajo el arco del portal, supongo que fue porque Chapman lo arrastraría hasta allí para mejorar el efecto de su hazaña. En cuanto a mí, aproveché para huir o, mejor dicho, para ocultarme como pude y esperar a salir tras el primer vecino que abrió los portones enrejados.

Cuando poco después llegó la policía y lo arrestó, Chapman no declaró absolutamente nada sobre mi presencia en el Dakota. Al principio su silencio me extrañó, pero luego comprendí: Chapman había obtenido su momento de gloria y no estaba dispuesto a compartirlo con nadie. Él había buscado a míster Lennon, él le había pedido un autógrafo en su *single* y él le había disparado a quemarropa hasta vaciar el cargador. Y así, sonriendo mansamente, con la vista extraviada y envuelto en su impermeable, fue como se lo llevaron. Sólo entonces, y por mucho que ella insista en que estaba con él, la señora Ono supo y bajó en ascensor.

¿Cómo es que la policía no encontró también mis huellas dactilares en el arma homicida? Fácil. Ya lo dije al principio: aquel invierno se ponía crudo. Yo llevaba puestos los guantes.

Me he preguntado muchas veces cuál habrá sido el último pensamiento claro de Lennon, justo antes de topar con su asesino: una posible melodía, la cara de su hijo, su bendita japonesa, ganas de ir al baño, alguna vaguedad intrascendente. ¿O acaso una parte de él intuía el peligro y por eso me invitó a subir? ¿Se pone en guardia la mente antes que el cuerpo cuando la muerte está próxima? Sólo por la tarde, al día siguiente, me atreví a comprar los periódicos: *And though the news was rather sad.* El hombre al que hacía unas horas yo había acompañado a través de las puertas del Dakota ocupaba todas las primeras planas. Recordé lo que había leído en una entrevista suya en *Playboy* unos pocos días atrás: «Detesto a los que insisten en que es mejor quemarse que marchitarse. Es mejor marchitarse poco a poco. No aprecio esa veneración estúpida por los héroes difuntos. Yo venero a la gente que sobrevive. Me quedo, por supuesto, con los vivos». Me he torturado una y otra vez recreando la escena, corrigiendo cada uno de mis movimientos, rectificando la suerte. Daría lo que fuera por un poco de paz para mi mente; pero estoy invadido de música mortal. *I am he as you are he.* Me temo que ya nunca dejaré de regresar a aquel 8 de diciembre helado en el Dakota. ¿Quién de nosotros, de hecho, no estuvo allí como empezando de nuevo, sujetando aquel maldito revólver una y otra vez, forcejeando inútilmente?

RINGO MENTÓN DE SEDA

A Enrique Vila-Matas, por guapo

Porque el tiempo es feroz y te noquea, pocos son ya capaces de evocar al asombroso Ringo Mentón de Seda Durán, acaso nuestro más notable púgil de la primera mitad de siglo. Siempre de indumentaria blanca, Ringo se vanagloriaba de acabar los combates con el calzón impoluto. Aunque los más memoriosos hayamos conocido a dos o tres pegadores más expeditivos, es probable que nadie, en ningún cuadrilátero del mundo, vuelva a encontrarse nunca con un campeón más bello.

Los incondicionales de Ringo sabíamos muy bien cuál era su punto débil. Y, como todos los invictos, él era el único que se empeñaba en ignorarlo. Muchacho, esa carita será tu perdición, solía advertirle su entrenador de entonces, el malogrado Moncho Látigo Brascia, un fajador de los de siempre, que se desesperaba ante las sensuales danzas que Ringo ejecutaba alrededor de sus rivales antes de tumbarlos con una veloz combinación. Nadie entendía muy bien aquello. El público se impacientaba. Los jueces se ofendían. Los periodistas se miraban, confusos. Nuestras novias se enamoraban. Mientras tanto, esquivando golpes, el coqueto campeón se dedicaba a revolotear graciosamente por el cuadrilátero, a enderezarse el calzón, a acomodarse el peinado con los guantes y a asegurarse de que no sangraba, hasta que decidía que por fin había llegado el momento de regresar a la ducha. Entonces liberaba su cañón izquierdo y asunto concluido: su contrincante quedaba tendido boca arriba. Ringo sonreía a las cámaras. Este cretino me ha salido maricón, se quejaba el recio Brascia mientras acompañaba a los vestuarios a su pupilo, que desaparecía saludando, peinado a la gomina, con su levísimo mentón bien alto.

No nos llevemos a engaño, amigos. Pese a los ríos de tinta que hicieron correr algunos indocumentados, Ringo no era ningún estratega. Aunque su técnica era ciertamente impecable, flexible como pocas, sus tardíos *knock-outs* no obedecían a un riguroso estudio de las condiciones físicas del rival ni a las necesidades del combate. Mentón de Seda fue –si es que fue algo más o menos definible– sobre todo un esteta. Aquel agónico jugueteo con sus noqueados era, según todos los códigos del box, absolutamente delezznable, y sólo puede explicarse por las remotas leyes del buen gusto: Ringo no soñaba con parecerse a un atleta admirado por sus salvajes pares, sino a un príncipe atrevido capaz de vulnerar con toda exquisitez las normas de los plebeyos.

Muchacho, esa carita será tu perdición: eso fue lo que se cansó de repetirle el sabio Brascia, que terminó desvinculándose de su pupilo tras un oprobioso incidente ocurrido en circunstancias que siguen sin estar del todo claras. Hay quienes insinuaron que hubo algo de despecho en las últimas palabras que Látigo Brascia le dirigió aquella noche, antes de hundirse para siempre en el anonimato. Poco más sabemos. Yo recomendaría prudencia. Sí podemos, en cambio, afirmar con toda certeza que el mercenario que lo relevó tan sólo ambicionaba la celebridad. Aquel vil representante Ordóñez, además de adular a Ringo hasta la náusea, se dedicó a dejarlo pelear como le diera la gana y a extender la palma de la mano. Esa carita, muchacho, esa carita: pero Mentón de Seda, olvidando los consejos de su antiguo mentor, pasaba ya más tiempo en el dentista o en el pedicuro que en el gimnasio.

Nadie más asombroso pase el tiempo que pase. Nadie menos dispuesto a reconocer su punto débil. Aquella memorable velada en la que Ringo defendía el título europeo de los súper-wélters, en pleno mes de agosto y con cuarenta grados bajo los focos, yo había conseguido colarme a última hora entre los fotógrafos gracias a una acreditación birlada a un amigo periodista: yo era entonces muy joven y descarado. Las localidades llevaban varias semanas agotadas, y entre el gentío de la entrada pude divisar al vil Ordóñez dando instrucciones a los reventas. Debo reconocer que los combates de fondo fueron de gran nivel, aunque pocos prestaron atención al cuadrilátero hasta que Mentón de Seda pasó entre las cuerdas como un gato blanco, sin rozarlas, y comenzó a hacer delicados estiramientos en su esquina. Su rival, un oscuro púgil irlandés de reputación más bien mediocre, irrumpió sudando y con todo un repertorio de ademanes hostiles. El irlandés procuró intimidar al nuestro desde el principio, pero Ringo lo ignoró soberanamente, dándole la espalda con alevosía cuando pasó junto a él camino de su rincón. Esa carita...

Fueron sonando las campanas una a una y el tosco irlandés se desvivía por cazar a Ringo, que aquella noche se mostraba algo ausente pero tan veloz como de costumbre. En teoría, el combate se presentaba sencillo. El aspirante no tenía recursos. Ordóñez se frotaba las manos, nosotros nos dejábamos la garganta dando gritos de ánimo, los fotógrafos no dejaban de disparar sus flashes. Todos teníamos muy presente que, de vencer otra vez, Ringo tendría asegurada la pelea por el título mundial. Todos menos, aparentemente, Mentón de Seda. Llegados al octavo asalto, nuestro hombre apenas si había soltado tres o cuatro manos disuasorias, aunque se mantenía fresco y ágil. Extenuado, su rival lo perseguía a la desesperada lanzando atolondrados golpes sin escuela. Se acercaba el momento. Lo sabíamos. Ringo se acomodó el calzón, se emparejó el peinado y sonrió como un galán de cine. Ya se olía el desenlace. Pero entonces, en un descuido impropio de sus reflejos, Ringo se dejó sorprender por un inocente *uppercut* y se fue a la lona. Los fotógrafos enloquecieron, el público fue un murmullo, el vil Ordóñez palideció, nuestras novias suspiraron. Lo vimos ponerse en pie sin demora, eléctrico, y sentimos un alivio que duró poco: exactamente el tiempo que tardamos en descubrir que la nariz helénica de Ringo sangraba a chorros. Con un gesto de incredulidad mayúscula, los ojos inyectados en furia, la mirada desorbitada y el antebrazo, el pecho, el calzón teñidos de rojo, nuestro púgil se acercó a su esquina haciendo aspavientos y allí le confirmaron que acababan de destrozarle el tabique. En el preciso instante en que el árbitro se disponía a declararlo perdedor por K.O. técnico, Ringo se encaró con él y le exigió seguir peleando. El árbitro dudó y, ante el empuje rabioso del público, mandó reanudar el combate. El irlandés no había tenido tiempo aún de armar la guardia, cuando Ringo se abalanzó sobre él como una tormenta y le conectó dos *crosses* casi consecutivos y luego un hondo gancho bajo y enseguida un escalofriante zurdazo a la mandíbula que lo dejó tendido, yo diría que inconsciente, en un extremo del cuadrilátero. Por increíble que parezca, el público permaneció en silencio.

Nadie volvería a saber nada de aquel torpe irlandés, pero tampoco de Ringo. Aquella misma madrugada, tras escuchar con la expresión de un sonámbulo cómo lo declaraban vencedor y marcharse cabizbajo a los vestuarios, ante la marea de periodistas y junto a un consternado Ordóñez, Ringo anunció que colgaba los guantes para siempre. Un aparatoso vendaje le cubría la nariz y el labio superior. *Ya no tiene sentido* –declaró, con la voz rota– *noquear a nadie sin ser bello*. Sólo entonces algunos incondicionales comprendimos –o creímos comprender– que Ringo nunca había pretendido noquear a sus rivales sino, más exactamente, seducirlos con su fuerza. Y que si terminaba derribándolos era porque no le quedaba otro remedio, porque de lo contrario él sería el golpeado y el vencido.

Y así es como Ringo Mentón de Seda Durán, nuestro más asombroso púgil, se retiró de los cuadriláteros fracasado e invicto.

LA PRUEBA DE INOCENCIA

Sí. Me gusta que la policía me interrogue. Todos necesitamos que nos confirmen que somos inocentes, que hemos saldado nuestras deudas y podemos seguir adelante. Por eso a mí me encanta sentirme fuera de toda sospecha. Demostrarles qué bien me porto. Que sepan que yo no he sido.

Uno conduce sin pensarlo, dejándose ir, igual que otros van por la vida como sin darse cuenta. Me tranquiliza la obediencia del volante, la naturalidad de los pedales, la respiración de las marchas. Y mientras hago todas estas cosas, o mientras dejo que se hagan, pienso en la policía. En cuándo me pararán de nuevo y me confirmarán que sí, que así voy bien, que verdaderamente soy un buen ciudadano. Oh. Carreteras.

De pronto unos agentes me hacen señas para que detenga mi vehículo. La maniobra no es fácil, porque acababa de salir de una curva por la izquierda y ya empezaba a acelerar. Procurando no ser brusco ni estorbar a los automovilistas que me preceden, luciendo, por qué no mencionarlo, mi pericia de conductor, busco el carril derecho y alcanzo con suavidad el arcén. Las motos de los dos agentes me imitan, inclinándose ai frenar. Ambos tienen cascos blancos de cuadrículas azules. Ambos llevan unas botas con las que pisan fuerte el pavimento. Ambos van apropiadamente armados. Uno es ancho y erguido. El otro, largo y cabizbajo.

—A ver: papeles —dice el policía ancho.

—Cómo no. De inmediato —le respondo.

Les doy los papeles. Seguros, licencia. Me identifico como debo.

—Ajá —opina el policía largo examinándolos.

—¿Sí...? —me intereso, expectante.

—¡Ajá! —confirma, enérgico, el ancho.

—¿Entonces...?

—Sí, muy bien.

—¿Todo en regla, entonces?

—Ya se lo hemos dicho, señor: todo muy bien.

—O sea, que mis papeles no tienen ninguna anomalía.

—¿Anomalía? ¿A qué se refiere?

—Oh, bueno, agente, es un decir. Ya veo, o mejor dicho ya ven ustedes, que puedo seguir camino sin mayores inconvenientes.

Los dos policías se miran, yo diría que con cierto recelo.

—Usted seguirá viaje cuando se lo indiquemos nosotros —dice el ancho.

—Naturalmente —me apresuro a contestar—, naturalmente.

—Bien, pues...

Dudan.

—¿Sí...? —me decido a ayudarlos—. ¿Alguna pregunta más, quizá? ¿Una inspección del maletero...?

—Oiga —dice el ancho—, no nos diga lo que tenemos que hacer.

El largo levanta la cabeza como una tortuga que contemplara por primera vez el sol, y toma del brazo a su compañero intentando apaciguarlo.

—Y tú, suéltame —le dice el ancho—. A ver si ahora vamos a tener que inspeccionar lo que diga el tipo este.

–En absoluto, agente, en absoluto –intervengo–. Sé que ustedes conocen perfectamente su trabajo. Sólo faltaría...

–¿Faltaría para qué? ¿Qué está insinuando?

–Nada, mi agente, nada. Sólo intentaba colaborar.

–Pues no colabore tanto, que no hace falta.

–A la orden, mi agente.

–Así está mejor –se complace el ancho.

–A mandar –añado.

–¡Vale, vale!

–Hagan ustedes todo lo que estimen oportuno: no tengo ninguna prisa, pueden estar tranquilos.

–*Estamos* tranquilos. Siempre estamos tranquilos, sepa usted.

–¡Oh, por supuesto! Jamás lo dudaría.

El ancho mira al largo. El largo, cabizbajo, sigue callado.

–¿Está de broma o qué? –pregunta el ancho.

–¿Yo, mi agente?

–No. Mi abuela paralítica.

–Caramba, agente, celebro su sentido del humor.

–Dése la vuelta –me ordena bruscamente el ancho.

–¿Cómo dice, agente?

–Dése la vuelta, le he dicho –y luego, dirigiéndose al largo–: este tipo no me gusta nada.

–Les aseguro, agentes, que comprendo su postura –digo, algo nervioso–. Sé que ustedes se limitan a protegernos, aunque a veces a uno mismo le toque ser registrado...

–Manos sobre el vehículo.

–Sí, mi agente.

–Separe bien las piernas.

–Sí, mi agente.

–Y cállese la boca.

–Sí, mi agente.

El policía ancho, aparentemente iracundo, me propina un soberano rodillazo en el costado. Siento un anillo de fuego en las costillas.

—Le he dicho que se calle, imbécil.

Me cachean. Luego los dos agentes se distancian unos metros. Conversan. Oigo frases aisladas. El chasis de mi automóvil empieza a quemarme las palmas de las manos. El sol cae de punta como una lanza.

—¿Tú qué opinas? —le oigo decir al ancho—. ¿Revisamos el maletero?

No alcanzo a escuchar la respuesta del largo, pero deduzco que ha asentido porque, casi de inmediato, veo de reojo cómo el ancho abre el maletero y comienza a revolver con brusquedad en su interior. Tira mi mochila al suelo. Tira la caja de herramientas. Tira la baliza. Tira un balón de fútbol que se aleja, botando, por la carretera. Los agentes cumplen con su deber muy minuciosamente.

—Aquí no hay nada —comenta, casi con fastidio, el ancho—. ¿Registramos los asientos?

A continuación, ambos entran en mi vehículo e inspeccionan los asientos, el interior del tapizado, la guantera, los ceniceros. Lo dejan todo hecho un desorden. Me atrevo, por primera vez, a interponer una tímida objeción:

—Disculpen, mis agentes, ¿es necesario tanto énfasis?

El ancho sale del coche, me fulmina con la mirada y luego me golpea entre los hombros con su porra. Por un instante siento como si flotara. Caigo de rodillas.

—¿Y ahora qué dices, eh? ¿Ahora qué dices? —me grita el ancho cerca del oído.

—Le garantizo, agente —balbuceo—, que no tengo nada que ocultar.

—¿Ah, no?

—No.

—¿No?

—¡Que no!

—¡No me repliques, entonces! —chilla el ancho, propinándome un afilado puntapié en las nalgas—. Conozco de sobra a los tramposos como tú: el olfato nunca me engaña. Os fingís muy correctos. Pero os pasáis de listos.

—Agente, le garantizo honestamente...

—¡A callar, hijo de puta! —vuelve a aullar el ancho. Pero esta vez no me golpea.

Los automóviles no dejan de pasar junto a nosotros a la velocidad del viento. Mientras tanto, el policía largo sigue registrando en silencio el interior de mi coche.

—Ajá —se entusiasma de pronto el largo; su voz me suena extrañamente aguda—. Fíjate en esto —añade, extendiéndole a su compañero el maletín con las cuentas mensuales de la empresa.

—¿Dónde lo has encontrado?

—Debajo del asiento del copiloto.

—¿Y qué es? Ábrelo. ¿No puedes? Dámelo. Debe de tener una combinación —Y luego exclama, tratando de forzar mi maletín—: ya te lo decía yo, ¡se pasan de listos!

Yo les daría la combinación de mil amores; son documentos rutinarios de contabilidad. Pero a estas alturas me aterra abrir la boca.

—Arrestémoslo —propone entonces el largo—. Ya abriremos el maletín cuando lleguemos.

El ancho comienza a esposarme con lentitud.

—¡Agentes, están en un error! —intento por última vez—. No tengo antecedentes. No tengo planes sucios. Soy inofensivo. Soy como cualquier otro.

—Eso ya lo veremos, listo —dice el largo.

Me obligan a sentarme en el asiento trasero de mi coche. Ellos se quedan fuera y llaman a alguien por su aparato de radio. Me duelen los hombros. La cabeza también me duele. Me arden las costillas. Una voz nasal les contesta a los policías al otro lado de la radio. Esto no me gusta nada. Los automóviles siguen pasando a nuestro lado a la velocidad del viento. No sé si debería decir algo. Oigo cómo revienta mi balón de fútbol.

LAS CARTAS DE LOS TRISTES

A Beatriz Cuevas y Joaquín Peña-Toro

Madrid, 3 de noviembre

Adorada Beatriz: ¿qué tal por Múnich? Estoy seguro de que todo te marcha espléndido allí. En cuanto a mis noticias, no puedes imaginarte hasta qué punto la suerte me sonríe. Por empezar, van a montar una exposición individual con mis últimas obras (el autorretrato mutilado, el corazón humeante, el desnudo con rieles, el falo-sacacorchos I, el falo-sacacorchos II y varias más). Será en una galería del centro que están a punto de inaugurar: Sundanga. La verdad es que promete. ¡Deberías ver qué espacio, querida, qué juego de luces y sombras conforme avanzas por el pasillo, qué acierto en la sobriedad del mobiliario! Parece que hay gente interesada en adquirir algunas de mis obras, y eso que aún no han empezado a anunciar la muestra. El galerista está entusiasmadísimo con mi concepto del volumen y va por ahí diciéndole a todo el mundo que soy como una promesa cumplida de antemano. Uno se ruboriza, por supuesto. Pero, seamos sinceros, tal vez tenga razón.

Sospecho que Marta quiere que nos reconciliemos. Hemos quedado para el mes que viene, cuando ella regrese de su viaje, para cenar en casa. Pienso cocinar de más, emborracharla e impedirle que salga de aquí hasta que vuelva conmigo. ¡Estoy tan emocionado! Su voz en el teléfono sonaba ansiosa y hasta te diría que insinuante. Naturalmente, yo fingí cierta indiferencia. Ya sabes cómo es Marta.

¿Echas de menos las cosas de Madrid? Supongo que estarás pintando mucho, con toda la nieve que cae por allí. Aquí está haciendo un tiempo excelente, teniendo en cuenta la fecha. Pero como me encuentro en plena ebullición creativa salgo poco de casa, lo imprescindible para no convertirme en una *bête sans rue*, como le gusta decir al profesor De Blas. ¡Tiene tanto talento, el profesor De Blas! ¡Tantas ideas! A mí me inspira conversar con él.

Beatriz, querida, tengo que dejarte. Sé que la decisión que has tomado es la correcta: el arte se construye con el material áspero y noble de la soledad. Me llena de satisfacción imaginarte en un pequeño *atelier* en penumbra, entregándote al rito del color. ¡Y no dejes de escribirme! Pero ya sabes, nada de correos electrónicos: como te digo siempre, nosotros trabajamos con las manos. Te adora, tu fiel amigo

Öscar

Múnich, 12 de noviembre

Mi querido entusiasta, no, no estoy pintando nada, aparte de la mona. Te figuras bien mi habitación, en lo referente al tamaño y a la falta de luz. Lo demás, y lamento decepcionarte, va bastante regular. La Facultad aquí me da sobre todo disgustos, igual que mi alemán de telegrama. Calcula cómo estoy de sola, que casi echo de menos las clases del profesor De Blas. Veo que, con gran intuición, no me preguntas por los amores. Mejor así.

Cómo explicarte, Öscar, la apatía cada mañana al levantarme. Pienso en el sol ameno de Madrid y siento un dolor en la piel. Acostumbrarse al frío se parece a la resignación. Me alegran infinito, por supuesto, tus noticias y éxitos. También tu inminente reencuentro con Marta. Sigue adelante, tú que puedes. Ojalá el curso pase rápido y pueda regresar a tiempo para ver alguna exposición tuya. Cuando no se tiene temperamento de artista, siempre queda el consuelo de ser público.

Estas malditas calderas. Pronto a los inquilinos del edificio no nos hará falta tener un frigorífico. Es imposible pintar con las manos congeladas. ¿Sigue haciendo bueno en Madrid? Aquí la luz es blanca y no se mueve.

Beatriz

Madrid, 2 de diciembre

Bea, tendrás que disculpar mi ligero retraso en contestarte. He estado atareadísimo estos últimos días. Pero sobre todo, mi niña, no te aflijas. ¡La vida es tan hermosa! No te conviene hacerte reflexiones negativas. Tú mira fijo el lienzo, traspásalo con rabia, y luego serena esa rabia y transfórmala en alivio: entonces pintarás, créeme. Como insiste De Blas, pintar es supurar. No hay arte sin rencor –y en eso pareciera que no vas descaminada–, pero tampoco se hace arte solamente con él. Porque el rencor es un color elemental, demasiado puro.

Marta regresa pasado mañana. Me ha escrito una postal recordándome nuestra cena. ¡Como si yo pudiera haberla olvidado! Por supuesto, le respondí que ya no me acordaba. Ya sabes cómo es Marta. Estoy impaciente.

Ah. Los preparativos para la exposición van viento en popa. He tenido que adelantarle algún dinerillo al local para publicidad, material y esas cosas, aunque el galerista ha asumido el grueso de los gastos. Él está completamente convencido de mi éxito y de que cualquier riesgo que tomemos merecerá la pena. Es imposible no dejarse llevar por su seguridad, su entusiasmo por mis obras y su *savoir faire*. En cuanto regreses le hablaré de ti y te lo presentaré enseguida. Estoy segurísimo de que le interesará lo que haces. ¡Anímate, mi niña! No me gusta verte así, sin alegría estética.

¿Has pensado en pintar una serie de blancos, aprovechando las nevadas muniquesas? Conforme vaya despejándose el tiempo, podrías ir matizando la serie y dejando aflorar manchas regulares, de cromatismos simples, un poco a lo Mondrian, y progresivamente ir derivando hacia el desorden de la primavera. ¿No quedaría genial? Dime cómo lo ves. Mientras, se despide con todos los abrazos, tu

Óscar

Múnich, 29 de diciembre

Mi adorado Óscar, todo ha cambiado. Tenías razón. Estoy radiante. He comenzado una serie de blancos –¡qué idea luminosa la tuya!, gracias– que ha impresionado al mismísimo catedrático de Procedimientos Pictóricos de mi Facultad. Al salir de una clase me preguntó por pura casualidad qué estaba haciendo, y cuando se lo expliqué (en mi mal inglés) enseguida él insistió en ver los cuadros. Yo le advertí que todavía eran tanteos, manchitas fragmentarias, pero él me contestó que el concepto era lo fundamental y no tuve más remedio que invitarlo a mi pocilga. Yo me temía lo peor, porque el material no me parecía gran cosa. Pero, ¡si hubieras visto cómo reaccionó! Se puso a dar gritos, a mesarse los cabellos, a proferir toda clase de exclamaciones en alemán, *Ach, Gott!, mein Gott!,* y me hizo prometerle que terminaría la serie antes del final de curso. Öscar, Öscar, no podrías creerlo. El azar llama al azar, y esa combinación se llama suerte. Así que al día siguiente conocí en la Facultad a un rubiote que me ha resarcido de todos estos meses de triste sequía amatoria. Te confieso que jamás había conocido en un hombre una mezcla de esa naturaleza, como si dijéramos el instinto salvaje de De Kooning y la *sensualitá* de Modigliani. Es decir, el hombre ideal. Se llama Rupert y parece estar enamorado, pese a que nos comunicamos mayormente por señas y monosílabos. Por fin siento que he hecho bien en venir, y ahora también puedo alegrarme sin melancolía de tus múltiples éxitos. Ojalá en este momento tú te sientas tan dichoso como yo...

Por cierto: Rupert amenazó al casero con darle una paliza, así que desde la semana pasada la calefacción se ha puesto a funcionar a todo gas. Aleluya.

Calurosa y emocionada, te besa tu: Beatriz.

(Pd: suerte con Marta. Seguro que ya la tienes a tus pies...)

Madrid, 6 de enero

En primer lugar, quisiera expresarte mi sincera satisfacción por todo lo que me cuentas. Te lo mereces todo y más, Beatriz. Tú has luchado, has sufrido lo tuyo, y ahora ves la cara amable de las cosas. No puedo desmentirte, porque es perfectamente natural que te engañes de ese modo.

Sin embargo, yo no puedo decir lo mismo. He caído en desgracia. Intentaré resumírtelo en pocas líneas, para que no me consuma la vergüenza.

Marta vino finalmente a cenar a casa. Vino risueña, hermosa, llena de proyectos y con un tipo colgado del brazo.

La muy cínica se comportó con la mayor normalidad, como si yo los hubiera invitado a los dos. Durante la cena no dejó de darle mordisquitos y hacerle carantoñas a ese sujeto que, dicho sea de paso, casi le dobla la edad y se permite unos bigotes detestables. Al despedirse, Marta se me acercó y me susurró al oído: Gusano, gusano, no sé si me das asco o me das risa. No hace falta decirte que no hemos vuelto a llamarnos.

Acabo de empezar a trabajar en una hamburguesería del centro, a tiempo parcial. Estoy endeudado, Beatriz. El sinvergüenza del galerista se fugó con mi dinero. Llevo semanas llamándolo y nunca atiende el móvil. Sundanga no llegó a abrirse y mucho me temo que fuese una tapadera. Ya me parecía a mí que un local tan lujoso, así, de la nada… He ido a denunciar el caso a la comisaría, y mientras me tomaba los datos el policía murmuró «y ya van siete» con una sonrisita estúpida.

Si tuviera ánimos para encerrarme a trabajar, esculpiría una cabeza negra. Toda obra descriptiva es un autorretrato encubierto. Como decía De Blas, el artista de raza sabe expresarse en la adversidad. De Blas es un farsante y un canalla. Se pasa la vida citando manuales anticuados y además me ha suspendido en Modelado con el pretexto de que esperaba mucho más de mi ejercicio. Yo mantuve la calma y le repliqué que no me extrañaba porque yo, en general, esperaba mucho más de sus clases.

Felicitaciones de nuevo, por todo. Salgo a la farmacia. Sin anfetas últimamente no merece la pena levantarse. ¿Dónde habré puesto el paraguas? En Madrid llueve.

Óscar

Múnich, 30 de enero

Mi pobrecito Öscar, viendo el matasellos de tu sobre, me alarma que tardaras tantos días en echar la carta al buzón desde que la escribiste. Debes intentar sonreír, hombre. Vives en una ciudad hermosa, tienes talento de sobra y toda la vida por delante. No deberías esculpir una cabeza negra, sino azul.

Como no es momento de extenderme en mis cosas, sólo te diré que Rupert me tiene conmovida y que mis cuadros están casi terminados. El catedrático de Procedimientos va a presentarme a un par de críticos y marchantes locales. A ver qué sucede. A lo mejor me quedo aquí el año que viene. También me han ofrecido una bonita casa a un precio razonable, donde cabremos los dos con toda comodidad. Por aquí el tiempo va mejorando. Estoy ansiosa por conocer el verde bávaro. ¿Tú no estás esculpiendo nada? Si es así, opino que te convendría retomar el trabajo. En cuanto a tus deudas, no te angusties: se lo he contado a Rupert y me ha asegurado que te girará el dinero que necesites. Él sabe lo mucho que te aprecio y dice que mis amigos son como sus hermanos. ¿No es un sueño de hombre? Contéstame pronto y no olvides lo que te digo. Un beso enorme de

Bea

Madrid, 3 de marzo

No te he escrito antes porque no estaba en condiciones. De hecho, hago el esfuerzo ahora sólo porque te debía una respuesta y no quería que te preocupases más. Eres muy amable, pero te equivocas conmigo. Antes muerto que aceptar dinero de un desconocido. Dile al Rupert ese que no se moleste y que mejor te regale un anillito de bodas. Por lo

demás, ¿cómo quieres que esculpa con las clases y el trabajo? Más bien estoy pensando en dejar la Facultad por
este año y hacer doble jornada en la hamburguesería.

Sí, quédate allí todo lo posible, harás bien. Esta puta ciudad está cada día más provinciana y más reaccionaria. Me
duele la cabeza veinticuatro horas al día. Las pastillas me
consumen, pero por el momento no puedo dejarlas. No sé
nada de Marta y todo se hunde. ¿Azul? El azul es mentira
desde el siglo diecinueve. No te preocupes por mí.
Diviértete mientras puedas.

Madrid, 5 de marzo

Te mandé una carta anteayer, Beatriz. Tómate estas líneas como una posdata. He reflexionado. Dejo la Facultad
definitivamente. Dejo el trabajo. Dejo todo. Por si fueran
pocas mis desgracias, tu racha de fortuna en Múnich ha
terminado de convencerme de que, al fin y al cabo, los que
ahora estamos tristes nos merecemos la tristeza. Tú te has
sobrepuesto a todo y es perfectamente justa tu felicidad.
Quisiera añadir que tu romance con el rubio potente me parece muy bien, pero yo siempre te he querido y es hora de
ser francos.

No se te ocurra enviarme dinero. Además, llegaría tarde.

Ö.

Múnich, 12 de marzo

Como parece que llevas días sin atender el teléfono, te
pongo esta carta urgente y certificada. Óscar, estúpido, ¿cómo
has podido creerte todo lo que te escribí en mis últimas cartas? ¿De verdad piensas que de la noche a la mañana soy

capaz de ponerme a pintar un montón de cuadros y volver loco a un catedrático? Francamente, me dabas un poco de envidia y supuse que te darías cuenta pronto de la ironía de mis fantasías solitarias. Y de paso esperaba llamarte un poco la atención, que últimamente sólo pensabas en tus asuntos. En cuanto a Rupert, que sepas que así es como se llama el ogro de mi casero y que no dudará en echarme de esta pocilga si no le pago en unos días los dos meses atrasados. Como ves, somos dos tristes sin remedio y ya no tienes nada que temer. Si me lo pides, regresaré a Madrid inmediatamente para estar contigo. Es muy poco lo que dejaría aquí. Y estoy harta del frío. Te besa, tu Beatriz.

Múnich, 21 de marzo

Óscar te suplico me pongas unas líneas o llames. STOP. Te he dejado mil mensajes buzón voz y hasta un correo electrónico. STOP. Salgo Madrid pasado mañana. STOP. Sólo tengo dinero diez palabras más. STOP. Escríbeme te quiero. STOP. Beatriz. STOP.

EL BANDIDO RELATIVO

Fue mientras cabalgaba con desgana un alazán robado, perseguido por un grupo de pistoleros cordobeses, cuando el Tempranillo se hizo la pregunta por primera vez: ¿valía la pena seguir creyéndose un héroe? Había reclutado una decena de hombres más y los había adiestrado durante una semana, yendo y viniendo como una fantasmagoría entre Castro del Río y Las Torrecillas para desorientar a las autoridades; habían logrado burlar a la no muy diestra policía de Montilla y también a la de Aguilar, algo más insistente; habían conseguido llevarse una buena reata de caballerías sin que nadie se enterase; llevaban cabalgando desde la media noche, y ahora atravesaban Montemayor. Venían de robar algún ganado en los alrededores de Córdoba y traían mala compañía a las espaldas. Al percatarse de que sus perseguidores no eran jinetes de altura, el Tempranillo sintió tanto alivio como tedio. ¿No lo capturarían nunca? ¿No era eso, en el fondo, lo que temía y deseaba? ¿Por qué el peligro a veces se parecía tanto a una promesa incumplida? Súbitamente, de puro inalcanzable, su galope se le volvió lento: esa era la señal de que los otros iban quedando lejos. ¡Con su permiso, señores!, murmuró con una sonrisa melancólica, irguiéndose en la montura.

Luego pensó: estas frases mías ya me aburren. Pero entonces oyó el disparo.

Había sido en ese instante, mientras se preguntaba si tenía sentido continuar así más tiempo, cuando se había oído aquel disparo y luego un ruido seco, un relinchar distinto: uno de sus hombres había caído. Se volvió, y sólo vio la noche legendaria y el polvo que venían levantado. Sabía de sobra que no podían detenerse. Que, si perdían un solo minuto en socorrer al herido, las balas los alcanzarían a todos y la historia se acabaría. Debían, por lo tanto, seguir adelante como siempre. Este razonamiento se le antojó natural e injusto. Casi enseguida cesó el galope a sus espaldas: al parecer, sus perseguidores se habían conformado con una sola presa. El Tempranillo espoleó a su alazán. Uno de los suyos había caído y no era culpa de nadie en particular, pero el resto de la madrugada cabalgó masticando un reproche.

Casi al alba, se detuvieron junto a la laguna de Zóñar. Allí formaron una rueda y comprobaron quién era el que faltaba. Todos bajaron la vista y nadie quiso hablar. El ganado y la caballería abrevaban nerviosamente. El Tempranillo desmontó, pensativo. Uno de los hombres nuevos, que conversaba con su cuñado Francisco Salas, levantó la vista y le preguntó: José María, ¿vamos a entrar en Jauja hoy mismo? El Tempranillo lo miró de hito en hito, como hacía cuando quería impresionar a alguien, y contestó: Pero, criatura, ¿acaso puedo yo salir de Jauja? Sus hombres estallaron en una carcajada; él se rió algo menos. José María. No le agradaba ese nombre familiar, que lo bautizaba con excesiva llaneza: él trabajaba para el pueblo, sí, pero no pertenecía al pueblo. Quién iba a entender eso sin llamarlo arrogante.

El aire se calentaba como una opinión creciente cuando divisaron la Muralla. Como precaución, rodearon Jauja entera antes de entrar. Con la luz matutina parecían encenderse pequeñas hogueras entre los olivares azules. Vadearon el río Genil por su cauce más estrecho. Penetraron en el pueblo y avanzaron cuesta arriba entre hileras de cal y tejas ásperas. El sol también subía y comenzaba a derretirles el cabello. A su paso, algunos postigos se abrían y de inmediato volvían a cerrarse. Desmontaron frente a la iglesia: el Tempranillo se santiguó con la mano izquierda, la mano dañada. Anduvieron otro trecho a pie hasta llegar a una pequeña casa con huerto. Entonces el Tempranillo le ordenó a Juan Caballero que él y unos cuantos más se encargasen de vaciar las alforjas con el grano. ¿Y qué haremos con el grano?, no nos has dicho nada, quiso saber Juan Caballero, impaciente con los misterios de su jefe. No te me desordenes, Juan, que en cuanto yo lo sepa tú serás el primero en enterarte, contestó el Tempranillo.

En efecto, ¿qué hacer con el grano? Una cosecha tan magnífica, desde luego, *debía* ser robada. Pero una vez llevado a cabo ese deber, no estaba muy seguro de cuál sería el mejor destino del botín. Pensó en trasladarlo a Badolatosa y venderlo para mejorar la acequia de su casa. Pensó también en canjearlo allí mismo, junto con el ganado, por algunas armas que les hacían falta. Sí señor, eran buenas ideas. El Tempranillo sintió entonces la punzada de una tercera posibilidad, menos apetecible pero más afín a sus célebres costumbres: repartir el grano entre las gentes pobres de Jauja. Una vez más, donar el maldito botín. ¿Era forzoso hacerlo? ¿No se estaba repitiendo por comodidad, para no defraudar a su público, tan sólo para que lo siguieran llamando en todas partes El Justiciero Veloz? Unos niños alborotados se acercaron corriendo a recibirlo. El Tempranillo se puso firme, los saludó de uno en uno y les llenó las manos de grano.

Ocultos en diferentes casas, los bandoleros permanecieron en el pueblo menos de veinticuatro horas: lo justo para descargar y reponerse de la cabalgata. Durante ese breve intervalo, el Tempranillo tuvo tiempo de almorzar con unos vecinos, permitirse un revolcón con María Jerónima

Francés e ir a misa con sus mejores galas. En la puerta de la iglesia la mujer del alcalde, escandalizada, lo había señalado con el dedo. Él le había besado la mano antes de escabullirse. Sin esperar al alba, protegido por la noche pegajosa de Jauja, ahora se encontraba reunido nuevamente con sus hombres para planear la partida. Dos o tres habían desertado. Al preguntar por ellos, su hombre de confianza se encogió de hombros.

Los hombres ensillaron. Antes de dar la orden de cabalgar, el jefe escudriñó los ojos de José Ruiz Germán y sintió, supo que alguien había intentado traicionarlo durante la jornada de descanso. No le importó. Él sabía cómo traicionar a los traidores. Acarició el lomo de su alazán y palpó sus alforjas abultadas. Luego gritó adelante y los jinetes se perdieron en la banda tricolor de los cerros, los valles y las cornisas.

Los ojos le brillaban. Un viento fresco le golpeaba la cara como un adversario. Él se sentía satisfecho: al menos ya había decidido qué hacer con el grano. Llevaban cabalgando casi toda la noche. La luna los seguía con su lengua de leche. Rápido, más rápido, gritaba de vez en cuando para mantener la vigilancia de sus hombres. Y así, sin saber nunca dónde ni porqué, iba dejándose escribir el Tempranillo.

DOS HOMBRES PASAJEROS

–Qué calor insoportable –observó el pasajero que viajaba a mi lado. Y enseguida añadió, con demasiada seriedad:– No creo que lleguemos vivos a Granada.

–Pues sí. Hace calor –concedí yo.

–Aquí dentro falta el aire, ¿verdad?

–Puede ser, sí.

–¿Pero usted no se ahoga? –insistió él, y de reojo advertí cómo en su frente relucían pequeñas, densas burbujas de humedad.

–Yo voy bastante bien –dije.

–Mucho calor. Demasiado –siguió él, arremangándose la camisa, primero un puño y después otro, con gran dificultad, aflojándose el cuello, despegando la espalda del asiento, levantando un poco las rodillas, agachándose, mirando hacia delante y hacia atrás–. No creo que lleguemos vivos.

Después, por suerte, nos quedamos callados. Me sentí más tranquilo e incluso más fresco. Entorné los ojos. Traté de disfrutar del viaje. Oía el esforzado crujir del motor del autobús. Oía el arrastrar de las orugas calientes de los neumáticos. Oía el veloz frotar del viento en las ventanillas. Oí:

–Perdone que lo moleste, caballero, pero ¿adónde va usted? Sé que no debería preguntárselo. Que no es asunto mío. Entonces, ¿adónde va?

–A la estación de autobuses –contesté con cinismo.

–Perfecto –aprobó el pasajero, aparentemente sin percibir mi hostilidad–. Y luego, ¿adónde va?

–A mi casa.

–Perfecto, perfecto. Y ahora dígame una cosa más, si no es molestia y tiene la bondad: ¿y dónde vive usted?

–Cerca de la estación de autobuses –mentí por precaución: aquel hombretón muy bien podría mostrarse dispuesto a subirse conmigo al taxi en cuanto llegáramos a Granada.

–Ya veo. Qué calor. Se ahoga uno.

–Es cierto –confirmé malhumorado, sin saber muy bien qué sería más efectivo para dar por concluida la conversación: si el silencio, la antipatía o la condescendencia.

–¿Tiene novia? –probó, para mi sorpresa, el hombretón. Y reconozco que luego tuvo la perspicacia de añadir:– En Granada, digo.

–No –dije yo sin estar seguro, pensándolo bien, de cuál era la verdad.

Él miró hacia atrás, hacia delante, manipuló el cuello de su camisa, se miró la punta de los zapatos viejos antes de decir:

–Yo tampoco tengo novia. Ni aquí, ni allí, ni en ningún lado. ¿Y de dónde es usted, si se puede saber?

–De Sevilla –contesté, sin entender por qué le mentía, ni para qué le seguía contestando.

–¿Y adónde va? –preguntó, como si fuera la primera vez.

–A la estación de autobuses –repetí sin inmutarme.

–¿Y de dónde era usted? –repitió él; advertí confundido que ahora había usado el pretérito, no sé si deliberadamente.

–De Sevilla.

–¿Tiene fuego?

–¿Fuego? Es que no fumo –contesté, pensando en que acababa de dejar el cigarrillo hacía un par de semanas y que en esta cuestión, en realidad, no era sencillo ser sincero.

–¿De qué parte de Sevilla? –regresó él.

–Cerca de... Triana.

–Yo conozco bien, muy bien Sevilla. ¿Me comprende? La conozco *muy* bien.

–Es una ciudad bonita.

–No tanto –dijo él–. Cerca de Triana hay muchos sitios. Conozco bien la zona.

–De por ahí, casi al lado... –intenté, balbuceante.

–Bueno, dejémoslo –me ayudó–. ¿Seguro que no tiene fuego? Me muero por fumar. Además, ya le digo, no creo que sobrevivamos.

–Yo nunca he fumado.

Comenzaba a sentirme cada vez más nervioso. No tanto por el posible peligro de aquel raro pasajero como por todas las mentiras que, sin necesidad, yo le había dicho. Era como si él me arrastrase, no ya hacia su interrogatorio recurrente, sino hacia el centro de sus minuciosas incongruencias. Lo que más me incomodaba era la sospecha de que él, en cambio, me decía la verdad.

–Ya sé que está prohibido –dijo mi compañero de viaje–, pero antes no lo estaba. Todo depende. Y, ya le digo, he pasado mucho tiempo en Sevilla. He *estado*, ¿me comprende o no?, en Sevilla.

–Sí, cómo no.

–¡Me alegro! ¿Y conoce el bar de Antonio? En Triana, digo.

–Mmhh.

–¡Perfecto! ¿Y el de Herminio?

–Ajá.

–Le ruego que me avise si me paso, caballero. No quisiera molestarlo, pero mejor avíseme.

Me dio vergüenza preguntarle si se refería a las paradas que hacía el autobús, o a no excederse conmigo en la conversación.

–Sí, cómo no –le dije–. Yo le aviso.

–Estuve varios años, yo, en Sevilla. En un centro de desintoxicación.

Me sobresalté. Luego me quedé rígido, impostando una sonrisa de yeso, como procurando amortiguar el efecto de mi reacción anterior. Al comprender que él esperaba alguna réplica, y que tal vez incluso se la mereciera, tuve la ocurrencia de preguntarle:

–¿Y le fue de utilidad, su estancia en el centro?

El hombretón se tomó un momento para reflexionar. La cara se le contrajo, comenzó a cerrar y abrir las manos. Parecía tan impredecible como incapaz de mentir.

–Mientras estuve allí, sí –dijo despacio–. Después no.

Su respuesta me conmovió. Era admirablemente precisa y, bien mirada, brillante. Me sentí culpable y luego estúpido por sentir culpa. A esas alturas, lo único que quería era llegar a Granada cuanto antes. No tanto por alejarme de mi compañero de asiento, como para ir corriendo a los baños de la estación, mojarme la cara y mirarme al espejo.

–Usted –sentenció él con brusquedad– no tiene ni una pierna de Sevilla.

–Es verdad –admití; pero de inmediato me di cuenta de que aquellas dos palabras mías también podían interpretarse como una insistencia en mi mentira anterior. Por el semblante del hombretón, deduje que ese era el sentido que él les había dado.

–Usted es camarero, ¿verdad? –preguntó, sudoroso, absurdamente.

–No, no soy camarero.

–¿No me diga? ¿Y entonces qué es?

–Escritor –contesté con franqueza, consciente de que esta vez no me creería.

–¡Ja! –profirió él, dando a entender que los escritores le hacían gracia o que mi respuesta le parecía un verdadero disparate.

Me complació, por una vez, haber podido librarme de sus preguntas sin pronunciar otra mentira. Por un instante sentí que era yo quien movía los hilos de nuestra conversación. Eso. Sí. Ya lo tenía. Era mío, todo mío.

–¿Tiene fuego? –le dije, y solté una carcajada más estridente de lo que yo mismo había planeado.

Pero él no se rió, sino que dijo:

–Claro. Tenga.

Y sacó del bolsillo superior de su camisa sudada un encendedor y un paquete de Ducados.

–¡Pero ahora está prohibido! –dije yo, golpeándome la frente con la palma de la mano, como si acabase de recordarlo–. Me parece que vamos a tener que aguantarnos sin fumar.

–Es verdad. Qué tragedia –contestó él–. No importa, de todas maneras moriremos asfixiados aquí dentro. ¿Usted no tiene calor?

–Muchísimo –probé–. No se puede ni respirar.

–¡Exacto! Pero tenga paciencia. No se ponga nervioso y ya verá cómo se le pasa –recitó en tono de arrullo. Y añadió, tras una pausa:– Yo era empleador.

–¿Empleador? No le entiendo.

–Es muy sencillo: ¿usted no querría que yo le consiguiese un buen trabajo de camarero?

–No, muchas gracias. Ya tengo trabajo.

–Pero querrá progresar, supongo. No pretenderá quedarse toda la vida así...

–¿... escribiendo? –completé, con una sonrisa perpleja.

–¡Eso mismo! Ya nos vamos entendiendo. ¿Dónde me dijo que vivía?

–Cerca de la estación. Pero soy de Sevilla.

–De por allí, por Triana, ¿no?

–Ha dado usted en el clavo. Usted conoce bien la zona, creo –procuré adelantarme.

–Pues por allí, cerca de la estación de autobuses, puedo yo conseguirle un trabajo de camarero. Me manda el deneí, un currículum, una carta de recomendación, y el puesto es suyo.

–¿Cómo?

–Pues por correo, por ejemplo. Yo le doy la dirección, no se preocupe.

Lo más curioso era que, en efecto, últimamente me encontraba escaso de dinero y había estado enviando currículos. No precisamente a bares, claro, sino a varias universidades extranjeras. ¿Qué sabía de mí aquel pasajero? Comprendí que había sólo una manera de cambiar de tema. Dije:

–¿Quiere que le avise si se pasa?

Él pareció preocuparse extraordinariamente, como si le hubiesen comunicado que se había dejado la puerta de su casa abierta de par en par. Tardó bastante en contestarme:

–Por favor, se lo ruego.

Eso era más que un sí. Y era otra cosa.

El hombretón agachó la cabeza. Encogido de hombros, juntaba las puntas de los zapatos viejos. Quise consolarlo:

–O sea que un currículum, una carta y mi documentación, ¿verdad?

Él pareció alegrarse un poco y asintió. Como seguía guardando silencio, lo intenté de nuevo:

–Es que en Sevilla he vivido poco tiempo. En realidad –inventé– me marché a Barcelona de niño. Es por eso que no se me nota el acento.

–¡Ya decía yo! Catalán sí podía ser –comentó satisfecho, pero volvió a ensimismarse.

Como aquello no parecía bastar, rematé:

–¿Y si nos fumáramos un cigarrillo?

Al hombretón se le iluminó la cara durante un instante. Comenzó a sudar mucho, emitió varias carcajadas secas y de pronto volvió a oscurecerse, como si una nube le hubiera cruzado por delante de los ojos.

—Este es un lugar público —recitó, triste.

Su tristeza me hizo sentir miserable. Sin poder contenerme, sabiéndome ridículo, imaginando que llegaba a la estación, me mojaba la cara y me miraba en el espejo, le sugerí al oído:

—Pues déle el paquete a alguien, a otro pasajero, y luego le pedimos uno. Así la culpa no será nuestra, sino suya.

Entusiasmado, dedicándome una sonrisa de gratitud, el hombretón se puso en pie y preguntó en voz alta si a alguien le interesaba su paquete de cigarrillos. Algunos de los pasajeros se volvieron con cautela desde sus asientos, arrugaron la frente y desviaron la vista hacia la ventanilla; los demás ni siquiera se molestaron en mirarlo. Él repitió su ofrecimiento varias veces, cada vez con menos convicción, hasta que la voz se le quebró y volvió a derrumbarse en el asiento.

—Están todos de acuerdo —dijo, señalando hacia el pasillo.

—Todos, no —le contesté, apoyando una mano encima de su hombro redondo y blando.

Él giró un poco el cuello y me buscó los ojos con lentitud, como intentando enfocarme correctamente. Entonces, con un hilo de voz, me dijo:

—Es un calor insoportable, sabe, todo el tiempo. Un mareo. Una asfixia. El año pasado por lo menos se podía dormir por las noches, las noches de verano. Ahora no me duermo hasta las cinco de la mañana, cuando me caigo muerto. Pero aguanto sólo hasta las ocho. Y ahí empiezan los ruidos.

Tuve la sensación de que la frente se me humedecía con pequeñas, densas burbujas. Miré de reojo por la ventanilla y vi que ya estábamos entrando en la estación de Granada. Asentí. Muy despacio, como al límite de sus fuerzas, mi compañero me susurró al oído:

–Necesitamos ayuda.

Tragué saliva y susurré:

–Tenemos que bajarnos.

Temí que él se ofreciera a acompañarme, temí que yo no fuera capaz de rechazar su compañía. Pero, apenas se detuvo el autobús, el hombretón se limitó a tenderme la mano.

–Que tenga mucha suerte –dijo.

–Siempre hace falta –dije.

–Sí.

–Le escribo, entonces –dije, sin poder pensar con claridad–. Gracias por todo.

–Que tenga mucha, mucha suerte –repitió.

Lo vi descender pesado, tambaleante. Bajé tras él y recogí mi equipaje. Vi cómo él se alejaba sin mirar atrás. Caminé en la dirección opuesta. El andén ardía. Sentí que algo veloz viajaba por mi estómago. Entré en la estación. Los monitores ofrecían horarios, dársenas, destinos. Busqué el primer mostrador y pregunté dónde quedaban los baños.

EL BLUES DEL AÑO PASADO

A Eloy Tizón

Vaya a saber por qué, aquel coche sí se detuvo. Marcos entró, aterido.

–¿Vienes de muy lejos? –preguntó el hombre del traje, arrancando.

–Sí –contestó él.

–¿Y adónde vas?

–¿Adónde va usted?

Los ojos de ambos se encontraron en el retrovisor. El hombre del traje aceleraba con el ceño fruncido. Marcos se arrepintió de haberse acomodado en los asientos traseros. Estaba tan cansado que, instintivamente, había buscado el sitio más cómodo.

–Buen coche, este –dijo Marcos.

–No le funciona la calefacción.

–A mí me gusta igual.

–Entonces te lo quedas –contestó el hombre riéndose bruscamente, y recobrando de inmediato la seriedad.

Marcos iba a ensayar una sonrisa, pero tuvo la sensación de que llegaba tarde. Pensó que debía decir algo.

–Dígame... Perdone, ¿puedo tutearlo?

–Preferiría que no.

Marcos no estaba demasiado acostumbrado a la formalidad. Durante días había ido y venido sin rumbo fijo por la carretera y ahora, en lugar de treparse a un camión de ganado o apretarse en una furgoneta, reposaba en aquel Mercedes largo y anticuado. Un vago aroma a cuero sorprendió su olfato: la última vez había dormido entre pajas impregnadas de estiércol. Marcos miró la tarde seca por la ventanilla, escondió las manos debajo de los muslos, reclinó la cabeza.

–¡Ni hablar! –exclamó el hombre del traje–. Debes mantenerme despierto.

–Lo siento, señor –se sobresaltó Marcos.

–Habla. Dime cualquier cosa.

–No sé... ¿Lleva usted mucha prisa? –dijo él, espiando de reojo el velocímetro–. Tendrá algún asunto urgente, me imagino.

–Te imaginas. Lo que yo me pregunto es por qué hoy en día las imaginaciones de los jóvenes vuelan tan bajo. No, ningún asunto. La urgencia no depende del asunto. Dicen que el tiempo es oro: mienten. El oro puede comprarse, pero el tiempo nunca. No es que uno tenga prisa, es que *hay* prisa. ¿Me entiendes o no?

Marcos pensó que, visto así, él llevaba perdida una fortuna. Y que aquella perspectiva, de algún modo, lo hacía millonario. Rió por lo bajo y buscó su mochila. El hombre vigilaba sus gestos con una atención que tenía algo desorbitado. Marcos abrió la mochila y sacó su armónica: la había robado en el instituto el año anterior. ¿Cuántos años habían pasado desde el año pasado? Le pareció un buen título para una canción. Empezó a soplar, buscando la melodía. Tocó primero con timidez, luego enérgicamente. Era algo así como un blues. El blues del año pasado, pensó Marcos.

–Veo que sabes música –dijo el hombre, acomodándose las gafas–. De entre todos los lujos, la música me parece el único necesario.

Marcos soplaba, intentado concentrarse en su blues.

–¿De dónde la has sacado? –preguntó de pronto el hombre.

–¿El qué? ¿La armónica? Me la regaló mi madre.

Marcos intentó seguir.

–¿Y sabe dónde estás, tu madre? –dijo el hombre, buscándole los ojos desde el retrovisor.

–¿Y a usted le gusta el blues? –preguntó Marcos, separando los labios de la armónica.

–Yo sólo escucho a Schubert.

–Demasiado largo –se atrevió a opinar Marcos–. Yo prefiero las canciones.

El hombre resopló.

–Schubert compuso más canciones que John Lee Hooker –dijo.

Luego hubo un silencio que a Marcos le pareció muy prolongado.

–¿Y usted a qué se dedica? –dijo, por decir algo.

El hombre demoró un instante en contestar:

–A los negocios.

–¿Qué tipo de negocios?

–Sumamente interesantes –dijo el hombre, riéndose solo.

Marcos alcanzó a entender que debía cambiar de tema. Iba a preguntarle quién era Schubert, cuando el hombre añadió:

–El dinero es secundario, como todo lo importante.

Marcos miró por la ventanilla. El campo parecía flotar en agua oscura. Cuando se cruzaban con algún coche, la luz nocturna lo estiraba antes de devorarlo.

–Entreténme –ordenó el hombre.

Obediente, Marcos le relató sus peripecias de los últimos días. El camión de ganado, la furgoneta de los electricistas, el conductor miope, las tres dermatólogas, los belgas del surf, la tienda de campaña, las estrellas, el frío cada noche. Y los muslos de la novia de uno de los belgas. El hombre parecía exageradamente concentrado en sus palabras. De vez en cuando esbozaba una sonrisa rápida y sus gafas se movían. Agotadas las anécdotas, Marcos pasó a mentir. Habló de varias mujeres, de encuentros imposibles, de aventuras que le habían contado. La voz del hombre sonó diferente, amable:

—Tendrás novia, entonces.

—Pues no —contestó Marcos.

—Persevera y triunfarás —recitó el hombre, como si leyera un papel.

—¿Y usted? ¿Tiene esposa?

—Mejor solo que mal acompañado —volvió a recitar.

De golpe el hombre le pareció mucho más viejo. El coche tomó una curva y las rayas desaparecieron del asfalto. El hombre extendió un brazo para abrir la guantera. Marcos alcanzó a ver dentro dos o tres libros y unos papeles en desorden. El hombre demoró unos segundos en encontrar un teléfono móvil. Lo consultó fugazmente y lo devolvió a la guantera. En el momento en que la cerraba, Marcos distinguió un mango que parecía de madera, el destello de un cilindro metálico.

—A veces uno está tan harto, sabes —dijo el hombre sin alterar el tono.

Marcos se sintió abruptamente atraído hacia el respaldo de su asiento. El motor del Mercedes comenzó a oírse más. La cabeza del hombre descendió unos centímetros. Las curvas se acentuaban. Marcos entrecerró los ojos. Se le pasó por la mente que, como solía decir su madre, todo estaba escrito. Las agujas vibraban.

Una mano le sacudía el hombro. Marcos bostezó. Un triángulo de sol le rozaba la cara. Estaban rodeados de árboles.

—Te toca —dijo el hombre.

—¿Me toca el qué? —preguntó Marcos entre bostezos.

–Conducir.

–¿Cómo dice, señor?

–Necesito dormir un rato. ¿O es que no sabes?

Marcos recordó el frontal abollado del Opel de su padre.

–Por supuesto –dijo Marcos.

–Ve con precaución –oyó la voz del hombre a sus espaldas–. Y ya no hace falta que me digas señor.

Se turnaban cada tres o cuatro horas. Estaban cada vez más cerca, o cada vez más lejos. Marcos no quería preguntar adónde iban, se sentía cómodo devorando kilómetros porque sí. El hombre tampoco mencionó un destino. Tan sólo parecía empeñado en avanzar. No había vuelto a abrir la guantera. Marcos hubiera querido hacerlo mientras él dormía, pero no se atrevió.

La luz se anaranjaba cuando el hombre decidió hacer un alto para estirar los músculos y comer algo. Aparcó entre dos coches, junto a la puerta de un bar.

–¡Por fin! ¿Usted ayuna siempre? –preguntó Marcos.

–Digamos que he aprendido a moderar el apetito –contestó él.

Bajaron del coche. Temblando, Marcos abrió la mochila y buscó su abrigo. El hombre se quedó mirándolo fijamente.

–Mejor deja la mochila en el maletero –le dijo.

Subieron unos escalones embarrados y entraron en el bar. En los cristales turbios colgaba un letrero que decía *Cerrado*. Se sentaron en una de las mesas que había junto a la ventana. A Marcos lo invadió la euforia del hambriento.

–La corbata –le dijo sonriendo al hombre, mientras se quitaba el abrigo–, la lleva usted torcida.

Merendaron en abundancia. A Marcos le costaba levantar la vista. Le resultaba extraño estar cara a cara con el hombre del traje. Se había acostumbrado a conversar con él por el retrovisor, o a escuchar aquella voz grave y cansada a sus espaldas. Ahora podía ver cómo el hombre movía los labios y se frotaba las manos. Unas manos enormes.

–Espérame aquí –dijo el hombre, quitándose las gafas–. Tengo que ir al aseo.

Sin dejar de masticar, Marcos le respondió con un gruñido. El hombre se alejó, tocándose la corbata. Marcos pensó que nadie decía *aseo* en voz alta.

Vació su plato enseguida. Marcos revisó los bolsillos de su vaquero y, satisfecho, palpó varias monedas. El hombre tardaba. Marcos se acercó a la barra, pidió otro bocadillo y luego, para aligerar la espera, fue a buscar otro botellín de cerveza. Sólo entonces, al sentir una hinchazón en el estómago y un amable calor en todo el cuerpo, Marcos tuvo la idea. Dudó. Se puso en pie, confuso, como intentando alejarse de ella. Dio varios pasos en dirección a los baños, pero se detuvo cerca de la puerta. Dentro de los baños se oían voces agrias y extenuadas, el correr de los grifos, la turbina de un secador. Se quedó inmóvil un instante, sintiendo cómo la cerveza le ascendía por las sienes y la idea navegaba sobre espuma. Dio media vuelta y regresó a la mesa. Sin llegar a sentarse, se acercó a la ventana y a través del cristal divisó el Mercedes largo, anticuado. La espuma se movía dentro de su cabeza. Sintió un cosquilleo intenso y, casi sin darse cuenta, recogió su abrigo y atravesó el bar dando zancadas. Al pasar junto a la barra dejó unas cuantas monedas encima y siguió de largo. Pasó frente a los baños sin detenerse y salió por una de las puertas laterales. Llegó corriendo hasta el coche. Contempló, aturdido, la sorpresa de las llaves puestas en el contacto. La puerta del bar. Las llaves y la espuma.

Insólitamente, el coche no tenía echados los pestillos. Marcos no podía creer en su fortuna. Se sentó frente al volante y accionó el contacto. El motor rugió, dispuesto.

De madrugada, lejos, Marcos sintió que una ráfaga gélida se colaba dentro del coche. Puso la calefacción y, al cabo de un momento, dijo mierda y volvió a pulsar el botón. Comenzó a temblar. Decidió tomar el primer desvío. Se detendría a descansar un rato: en la mochila llevaba una manta de lana y un buen saco de dormir. Aparcó junto a un pinar. Bajó del coche. Una ola de viento oscuro le sacudió la ropa. Sentía el cráneo desnudo, como si hubiera perdido pelo. Protegiéndose el cuello con las solapas, fue hasta el maletero del Mercedes. Al abrirlo, mientras el aire errante le buscaba la espalda, vio que su mochila no estaba allí.

MINIATURAS

*Confecciónate una nueva virginidad
cada veinte minutos.*

OLIVERIO GIRONDO

LA FELICIDAD

Me llamo Marcos. Siempre he querido ser Cristóbal.

No me refiero a llamarme Cristóbal. Cristóbal es mi amigo; iba a decir el mejor, pero diré que el único.

Gabriela es mi mujer. Ella me quiere mucho y se acuesta con Cristóbal.

Él es inteligente, seguro de sí mismo y un ágil bailarín. También monta a caballo. Domina la gramática latina. Cocina para las mujeres. Luego se las almuerza. Yo diría que Gabriela es su plato predilecto.

Algún desprevenido podrá pensar que mi mujer me traiciona: nada más lejos. Siempre he querido ser Cristóbal, pero no vivo cruzado de brazos. Ensayo no ser Marcos. Tomo clases de baile y repaso mis manuales de estudiante. Sé bien que mi mujer me adora. Y es tanta su adoración, tanta, que la pobre se acuesta con él, con el hombre que yo quisiera ser. Entre los fornidos pectorales de Cristóbal, mi Gabriela me aguarda ansiosa con los brazos abiertos.

A mí me colma de gozo semejante paciencia. Ojalá mi esmero esté a la altura de sus esperanzas y algún día, pronto, nos llegue el momento. Ese momento de amor inquebrantable que ella tanto ha preparado, engañando a Cristóbal, acostumbrándose a su cuerpo, a su carácter y sus gustos, para estar lo más cómoda y feliz posible cuando yo sea como él y lo dejemos solo.

LA REALIDAD

A Erika, niña

–¡Llueve! ¡Llueve! ¡Mamá, mira cómo llueve!

Eso exclama riendo la niña del vestidito rosa, que pasea de la mano de su madre. Para ser sinceros, no nos agrada demasiado el vestidito rosa. Pero así es como la ha vestido su madre, y uno bastante tiene con preocuparse de lo suyo como para ir censurando la vestimenta ajena, y mucho menos la de una niña tan simpática.

Así que la niña del vestidito rosa, riendo sin cesar, tira de la mano de su madre: una mujer de apariencia sobria y un punto distraída o cansada de los continuos hallazgos de su hija. Esto nos la vuelve poco amable, aunque cada uno educa a sus retoños como mejor entiende y uno tiene bastante con lo suyo, etcétera, etcétera. Reconozcamos que la señora conserva unos magníficos tobillos. Camina erguida como una reina. Tacón va, tacón viene.

–¡Mamá, llueve! ¡Mira cómo llueve! –insiste la niña.

La señora se detiene en seco, nunca mejor dicho, y le clava una mirada que si no tuviera uno ya bastante, etcétera, podríamos calificar de injusta o incluso de terrible. Le suelta la mano a su hija. Mira con didáctica vehemencia hacia arriba, hacia donde se elevan las hileras de balcones floreados bajo un cielo impoluto, azulísimo. Luego vuelve a mirar a la niña y pone los brazos en jarra.

—¡Llueve, mamá, llueve!

La niña ríe y ríe. Brinca en círculos, sacudiéndose los húmedos hombritos. Su madre menea la cabeza y resopla abultando los labios bien pintados.

—¡Llueve! ¡Llueve...!

Pero sucede que las evidencias rara vez son evidentes: la severa señora detiene el movimiento de su hija como quien posa un dedo sobre un trompo, le aprieta la carita iluminada y se agacha, hablándole al oído:

—Alba, hija. Oye. Que pareces tonta. ¿Es que no te das cuenta de que el agua cae de los balcones?

Alba aparta la cara, baja la vista un momento. Luego chasquea la lengua con fastidio y decide tener paciencia con su madre. Contesta muy despacio, subrayando cada sílaba:

—Ya lo sé, mamá: los balcones. Pues claro. Pero... ¡mira, mami, mira cómo llueve! ¡Qué bonita, qué requetebonita es la lluvia!

Dicho lo cual, Alba regresa de inmediato a su júbilo y a sus brincos, haciendo ondear ese insólito vestidito rosa del que ya no opinaremos.

LA MAGIA

Soy manco, sí, pero hago que vuelen las palomas donde sólo había mármol, y controlo el sentido en el que viajan las agujas de los relojes, y consigo que el agua atraviese los vasos, y sé confundir los billetes de banco con esas pequeñas flores silvestres que crecen en el parque donde voy de paseo los domingos. Manco, desde luego, aunque no por eso incapaz de alterar la cantidad de naipes que compone una baraja, ni de esconder las joyas de las señoras en las chaquetas de los caballeros, ni de hacer que las sogas se relajen y luego cedan como ásperas serpientes alrededor de mi cuello. Qué duda cabe, manco, y además con una abrupta cicatriz en el extremo del muñón; aunque por eso mismo resulta tan estético el acrobático número de los pantalones (las señoras de las joyas extraviadas suspiran al verme) o aquella otra suerte del libro de fuego: cuando de cualquier poema puede abrirse un incendio, y la llamarada triangular asciende hasta rozar el techo del asombro para que de la ceniza, emocionante, renazca el papel impreso.

Nunca he dejado de regresar a aquella mañana de siega con el sol bien izado y el motor en marcha, con mi padre montado en lo alto de la máquina vibrante, se ha atascado de nuevo, hijo mío, ve a liberar las ruedas, date prisa, vamos, y fue tanta la prisa, y la sacudida tan furiosa, y el llanto tan perplejo. Soy mago desde entonces, desde poco después, apenas unos meses de convalecencia y rabia, de temor y excesivos cuidados, prestidigitador ya para siempre, inevitablemente. Resultó casi justo descubrir el valor de una mano, el inmenso poder de un pequeño ademán, el tesoro que encierra un puño solitario. Y es mayor su destreza, porque no caben las dudas. No hay objetos candentes que cambiarse de mano, no existe la avaricia de frotarse las palmas ni es posible rezar para reclamarle a un dios la magia que uno mismo no ha sabido hacer. Incluso la caricia se vuelve más intensa, mejor administrada. Es por eso que sigo siendo mago además de manco, y mientras reflexiono repito una noche más, con alguna variante, el eléctrico pase mediante el que los dólares de un espectador yanqui se revelarán lagartijas, y considero distraídamente la conveniencia de cerrar este espectáculo con mis queridas bolas de cristal azul, estas que ahora muevo, giro y hago deslizarse con mis cincos destellantes, numerosos dedos, para que finalmente suenen las trompetas y regresen las luces al teatro y vea a las siluetas ponerse en pie delante de sus butacas, intercambiando exclamaciones con la boca redonda, aplaudiendo con dos manos aquello que no entienden.

La belleza

Habrá quien piense que exagero, pero allá cada cual. Soy tan bella que salgo a la calle enamorada de antemano. Los hombres me contemplan con una especie de atención superlativa y un tanto rencorosa. Las mujeres me examinan, revisan mis facciones, estudian cada gesto mío intentando descifrar la trampa. Pero no hay trampas: que soy bella, horripilantemente bella, y nada más.

Gentil suplicio, este. No veo dónde está la bendición. Hable o calle, estoy perdida. Si digo cualquier cosa, soy escuchada con una impertinente suspicacia a la que no consigo acostumbrarme. Cuando no abro la boca, todos me miran como pensando: sí, pero será tonta. Si algún hombre me habla, lo hace con intereses no precisamente dialécticos. Si me habla una mujer, lo hace para neutralizarme como competidora ofreciéndome su amistad. Cuando ellos no me dirigen la palabra, en su silencio tiembla el reproche de no amarlos. Cuando ellas callan, noto cómo me espían y corren a retocarse el maquillaje. Socorro. Nadie elige su cuerpo ni su nombre. La armonía se ha vengado de mí. También lo bello es cruel, también lo bello.

¿Cuánto mérito mío hay en esta piel de pétalo? ¿Cuánto de recompensa al trabajo bien hecho hay en mis formas

de copa de cristal? A veces he pensado en terminar con todo y arrojarme un líquido abrasivo a la cara. Si no lo hago
no es por coquetería, sino por miedo al dolor y sobre todo
por orgullo. He vivido en el bosque. He huido al extranjero. He pasado unos años en la montaña. Pero siempre, en
todas partes, hubo alguien que se enamoró de mí y me odió
por ello. Conozco de memoria la manera: primero es un
deslumbramiento exagerado, estelar; después una benevolencia boba, como si yo mereciera más de lo que merezco;
más tarde esa impaciencia a la que tanto le temo; enseguida una escena de despecho, un ataque de ira y finalmente el
daño para ambos.

Por las noches sueño con mundos feos, con escenas de
asco, con figuras nauseabundas. Veo amantes de piel sucia
y lenguas negras, bestias ansiosas que me abrazan sin jui-
cios y me incluyen en su hedor. Entonces, fugazmente, soy
feliz. Atravieso desiertos de arena impura. Nado despreo-
cupada en un río de barro. Pero tarde o temprano un aliento de sol me acaricia la mejilla, y me pongo a parpadear,
y mi cuerpo se estira lentamente, y la belleza regresa al dormitorio. Lo primero que hago al levantarme de la cama es
mirar, incrédula, mi desnudo en el espejo. A mi lado nunca
despierta nadie.

La ropa

Arístides venía desnudo al trabajo. Todos le teníamos envidia. No lo envidiábamos por su cuerpo, que tampoco era gran cosa, sino por su convicción: antes de que cualquiera de nosotros consiguiera burlarse, él ya había lanzado una mirada reprobatoria a nuestras ropas y nos había dado la espalda. Y también los glúteos lampiños, pálidos.

Esto es intolerable, aulló el jefe de sección el primer día que lo vio yendo sin ropa por el pasillo. Pues sí –corroboró Arístides–, aquí todos van vestidos con pésimo gusto.

Al estar en primavera, supusimos que aquello duraría como máximo hasta el comienzo del otoño, y que luego el propio clima devolvería las cosas a su cauce normal. Y a su cauce volvieron, en noviembre, las aguas de los ríos, la lluvia de las acequias y los lagartos de los pantanos. Pero nada cambió en Arístides, excepto aquel ligero estremecimiento de hombros cuando concluía la jornada y los trabajadores salíamos a la calle. Esto es inaudito, exclamó el jefe de sección embutido en su gabardina. A lo que Arístides apostilló con aire indiferente: Es verdad, todavía no ha nevado.

De las murmuraciones, poco a poco fuimos pasando a la idolatría. Todos queríamos ir como Arístides, caminar como él, ser tal cual era él. Pero nadie parecía dispuesto a dar el primer paso. Hasta que una mañana cálida, porque ciertas cosas terminan siempre sucediendo, alguno de nosotros irrumpió en la oficina sin ropa y tembloroso. No se oyó ni una sola carcajada, sino un hondo silencio e incluso después algún aplauso. Al contemplar aquel cuerpo desnudo desfilando por el pasillo, muchos fingimos no darnos por enterados y seguimos con nuestra labor como si nada. Aunque, al cabo de pocas semanas, ya era una extravagancia encontrar en la oficina a alguien vestido. El último en rendirse fue el jefe de sección, que un lunes se nos presentó en toda su velluda flaccidez, conmovedoramente feo, más manso que de costumbre. Entonces todos los empleados nos sentimos aliviados y poderosos. Nos cruzábamos por el pasillo dando gritos de euforia, nos dábamos palmadas en las nalgas, nos mostrábamos los bíceps. Sin embargo, cada vez que intentábamos buscar la mirada cómplice de Arístides, hallábamos en él una inesperada mueca de desprecio.

Sé que no será sencillo resistir el invierno, para el que apenas restan unos días. Me lo dice la piel de la espalda, que se me eriza al pasar junto a las ventanas, y los músculos de los hombros, que tienden a encogerse a la hora de salir. Pese a estos inconvenientes, lo que más me tortura es la sensación de ridículo que me asalta al recordarme vestido durante tantos años. Por lo demás, estoy dispuesto a mantenerme así todo el tiempo que sea necesario hasta que los demás reconozcan mi valor, hasta ser el último desnudo de toda la oficina.

Aunque, por algún motivo, todavía no tengo la sensación de venir al trabajo igual que Arístides. Digamos que lo intento cada mañana. Y no, no es lo mismo.

JUSTINO

Al pasar por la puerta de la sala, Justino, el jardinero, encogía los hombros para no molestar. Era uno de esos hombres que parecen flacos por convicción. Arrugaba el ceño blanco y fino como quien dobla un pañuelo. Apretaba los labios, degustando su silencio. Justino, el jardinero, se avergonzaba ligeramente cada vez que lo invitábamos a almorzar con nosotros, en la misma mesa que toda la familia, y uno comprendía que nuestra amabilidad lo ponía en un compromiso: si aceptaba, podría parecer aprovechado o –peor aún– famélico; pero si se negaba, parecería descortés. Entonces, afligido, Justino aceptaba nuestra invitación. Deslizaba su asiento por detrás de la espalda, las patas de la silla flotaban casi, y uno podía imaginar cómo de joven tuvo que ser buen bailarín. Que tengan buen provecho los señores, pronunciaba en voz baja, y en ese susurro suyo había un afecto laborioso. Para no darnos una mala impresión precipitándose sobre el plato ni tampoco importunarnos con ninguna demora, Justino comenzaba a comer siempre el último y terminaba el primero. Tampoco mucho antes. Dos, tres cucharadas.

Al principio le servíamos raciones abundantes: lo estimábamos y sabíamos de su duro trabajo, de su empeño al rasurar los arbustos, podar cada rama o regar nuestro césped infinitesimal. Procurábamos llenarle el plato, pero empezamos a disminuir las raciones cuando observamos que Justino se dejaba más o menos un cuarto. Entonces dimos las instrucciones pertinentes a la criada y, a partir de aquel día, las raciones de Justino empezaron a ser como las de los niños o incluso más escasas. Lo que nos preocupó fue comprobar que en sus platos bien rebañados, invariablemente, aún permanecía un cuarto de ración intacto. Nos llamaba la atención que Justino fuese hombre de tan poco apetito. Pero su esmerada flaqueza y sus ademanes transparentes nos convencieron de que, para no incomodarlo, las porciones debían ser todavía más pequeñas. Como quiera que Justino perseveraba en consumir tres cuartas partes de lo que le servíamos, nosotros, deseosos de hallar su medida exacta, seguimos reduciéndole el almuerzo hasta manchar apenas el plato con tres o cuatro máculas de legumbre.

El último mediodía que pasamos con Justino fue en apariencia igual a los otros y, sin embargo, supe desde el principio que nada sería idéntico. Su débil arrastrarse. Su voz un tanto desganada. Incluso los bordes no del todo impecables de nuestros abetos, todo me hizo temer por él y sus discretísimas cucharadas. Se sentó como siempre, eso sí, haciendo que la silla pareciera ingrávida, susurró un «que tengan buen provecho los señores» con una voz de lámina y esperó su ración juntando las manos. Unas manos ágiles, huesudas, pulcras: un par de tijeras. Por no perder la buena educación, pese al aroma tenso que rodeaba la mesa, le hice a la criada una señal para que comenzase a servir. Cuando vio cómo la solitaria y diminuta lenteja se posaba en el centro de su plato hondo, Justino se levantó con parsimonia, pidió permiso para retirarse y no volvió por casa jamás nunca.

EL AMOR

Liliana tiene las rodillas más redondas y mullidas que he conocido nunca. Sus piernas son dos ríos blancos. Ella siempre procura dejarlas al descubierto tirando con disimulo del vestido, sonriendo desde su silla de ruedas.

El cuerpo de Liliana está paralizado desde la cadera hasta los pies, que son pequeños y están siempre de puntas, como a punto de tocar el suelo. Ella pasea sentada. Espera sentada. Seduce sentada. Va, viene y regresa en su asiento perfumando toda la casa. Liliana me trastorna. Si la desease más, moriría asfixiado. Cuando se abre su sonrisa y las rodillas surgen, sólo puedo pensar en una cama y en su silla vacía. Ella se entrega sin remilgos; confiada, hace y me deja hacer. Su imaginación es un pozo sin fondo. Sus manos, dos pájaros que me sobrevuelan y urden nidos de placer. Si alguien me hablara de una mujer con las cualidades amatorias de Liliana, yo pensaría que tal maravilla sólo puede existir en un libro de cuentos.

Pese a todo, algo me turba al amarla. La desnudo sentada, la alzo con ansiedad y la poso entre las sábanas. Ella incorpora su torso fresco y, extendiendo los brazos, reclama mi apetito una vez más. Beso sus senos de cimas moradas, muerdo sus labios musicales y me precipito en ella: la mitad de Liliana se estremece como el agua. Juntos atravesamos la noche hasta caer desvanecidos. Luego, recobrando el aliento, ella me sonríe; puedo adivinar su perfume por debajo de los hilos de sudor. Ella se vuelve para encender un cigarrillo y me muestra su blanquísimo costado, sus suaves cicatrices. Yo miro cómo fuma hasta que sus ojos van cerrándose. Y es entonces cuando, turbado, me quedo observando cómo Liliana duerme tan serena, con la mitad que más amo siempre intacta.

EL DESTINO

Tan prestigioso como casto, el individuo P gusta de la pintura abstracta, la música de cámara y la lírica petrarquista. Ha dedicado dos tercios de su vida al riguroso estudio de las artes; la tercera porción restante, a soñar con ellas. Esmero y serenidad rigen la doméstica existencia de P, que de vez en cuando se permite dar a la imprenta algún libro de versos. Incluso se diría que no se halla disconforme del último poemario. ¿Y qué mayor lujuria –discurre P moderadamente– que una mínima vanidad literaria?

El individuo Q, bebedor en verdad desaforado y mujeriego compulsivo, mantiene desde hace años una vaga amistad con P. Vaga, no sólo porque ambos muestren escasa voluntad a la hora de llamarse por teléfono, sino porque además ninguno de los dos termina de explicársela muy bien. Probablemente Q envidie la sapiencia de su amigo y el solemne respeto que se le profesa en los círculos de influencia. De P, a su vez, se podría aventurar que siente una oscura admiración por el desenfreno cotidiano de Q, que él se figura un arte o una especie de militancia estética.

Llevados por la mutua curiosidad, durante una anómala velada en la que P –cosa rara– se ha excedido con el vino y Q –cosa rarísima– se nota carnalmente saciado, ambos llegan a un acuerdo: cada uno suplantará al otro durante veinticuatro horas. Q informa a P de que tiene concertado para la noche siguiente un encuentro con una exuberante amiga de alegres inclinaciones, y se compromete a hablarle maravillas de su amigo para convencerla del cambio de pareja. Por su parte, P le habla a Q de su compromiso de enviar a un periódico nacional un poema en homenaje a cierto vate fallecido, y le sugiere entre risas que sea él mismo quien lo escriba.

Mucho menos intimidados que divertidos, los dos amigos se estrechan la mano.

Dos días más tarde, ambos se encuentran de nuevo en una cafetería. Q confiesa su estupor ante la insospechada exigencia de la creación poética. Le narra a P una tortuosa madrugada en vela, rodeado de las obras completas del vate fallecido y escuchando una lánguida sonata en busca de alguna inspiración. Solidarizándose con él, P le expresa a Q su extenuación tras una inconcebible sucesión de locales nocturnos, litros de alcohol y gimnasias sexuales. Ojeroso, admite su incapacidad para soportar semejante ritmo y conservar, como su amigo, un aspecto jovial y la salud intacta. El otro asiente y, a su vez, se declara indigno del elevado trato con las musas. Mutuamente espantados, ambos convienen en que el experimento ha merecido la pena pues los ha confirmado en sus respectivos destinos en la vida. Los dos hombres apuran sus cafés. Vuelven a estrecharse la mano. Vuelven a despedirse.

Esa misma noche, P recibe la llamada de un célebre colega que lo felicita vehementemente por su poema en homenaje al vate fallecido, e incluso se lo encomia hasta el punto de denigrar toda su producción anterior. ¡Ya era hora –le confía a P en un arranque de euforia– de que se dejara usted de manierismos académicos y se atreviese con verdaderas honduras! Unas horas más tarde, al borde del sueño, Q escucha el susurro de la bella joven que, tendida boca arriba en la oscuridad, descansa junto a él: No te ofendas, tesoro, pero ¿no me darías el teléfono de ese amigo tuyo?

LA CIENCIA

Extracto del discurso de clausura del I Congreso «La Flora en Gobi Hoy», a cargo del Dr. Algernon Woodgate, catedrático de Botánica Especial, London University. Traducción por gentileza de la Dra. E. M. C.

«Estimados colegas.

Los litopos son maestros del disfraz. Como bien saben ustedes, su menguante tamaño es el primer factor que debe hacernos sospechar: ¿a qué se debe semejante afán diminutivo? ¿Por qué esa naturaleza proclive a no dejar constancia de la propia presencia? (...) Son estos los interrogantes básicos para acercarnos a los litopos, las únicas y asombrosas piedras-plantas que crecen en el árido clima de la topografía que nos ocupa.

(...) Por tanto, de poco nos servirán las nociones ortodoxas de esa Botánica mutilada que nos empecinamos en continuar impartiendo. En lo que a mí me concierne, estos largos años de estudio de los litopos me han inducido a adoptar una actitud muy distinta. Opino, e incluso me atrevería a plantearlo aquí como hipótesis, que una aproximación rigurosa a nuestras piedras-plantas no es factible más que desde un sincero diálogo emocional con ellas: interpelándolas, sabiendo escucharlas. Y siguiendo, por qué no, su sigiloso ejemplo.

Según nos consta, la máxima peculiaridad de los litopos consiste en su inmediata apariencia mineral (bien de un color ferruginoso, bien de una incierta tonalidad mercúrica). En cualquiera de estas dos variantes, tarde o temprano se verifica el fenómeno que hace de los litopos una auténtica atracción para el profano y todo un desafío para el especialista: de su ríspida superficie, hermética en apariencia, emergen de pronto unas pocas, breves flores blancas. Todos hemos observado alguna vez, mantenidos artificialmente en laboratorio, esos tallos flexibles que parecen nacidos de la nada. (...) Ahora bien, ¿por qué extraño motivo dichas mutaciones tienen lugar sólo de vez en cuando? ¿Cómo es que todavía nos resulta imposible determinar un ciclo regular o, como mínimo, una frecuencia aproximada en sus epifanías? ¿Y por qué, nos preguntamos con insistencia, por qué un litopo florece tan sólo por las noches?

(...) Urge admitir, estimados colegas, la manifiesta incapacidad de nuestra ciencia académica –nuestra incapacidad– para dar respuesta a estos enigmas. Aunque resultaría igualmente recomendable comenzar a hacerse ciertas preguntas hasta hoy jamás formuladas: ¿son tímidos los litopos? ¿Temen ser espiados? ¿Se nutren de su propia soledad? O, yendo incluso más lejos, ¿son decididamente hostiles al acoso científico? Y, en caso de ser afirmativa la respuesta a esta última pregunta: ¿son hostiles a la ternura humana? ¿No buscarán los litopos, con sabio instinto, preservar su belleza de todo aquel que pueda devastarla o –peor aún– no saber apreciarla en toda su excepcionalidad?

(...) Por mi parte, anhelo ser capaz de comprenderlos algún día y descifrar su espera. Puede decirse, en definitiva, que aguardo mi momento, como los litopos. Y lo hago, qué duda cabe, con ternura.

Muchas gracias.»

SÍSIFO

Amanece. La opinión ajena se conforma con muy poco. Amanece despacio, y el río hace cosquillas a la tierra intentando despertarla. Hoy también trabajaré solo. Saldré al monte inundado por el cobre del sol, dejaré que las aves prosigan con su orquesta y cumpliré con lo mío: ya no estoy castigado.

Es un alivio cargar siempre con la misma roca. Es esta: la misma gigantesca, ocre, redonda piedra mía. No siempre ha sido así. Redonda, digo. No es que me merezca ir por ahí alardeando de geómetra, pero antes mi roca era más bien un poliedro. Una masa sin forma definida, con incómodos salientes que traspasaban mis ropas y me herían la piel. Lo que se dice un suplicio. Pero a fuerza de emplearla se ha ido haciendo tersa, regular. Modestamente, ha quedado bien bonita. Y es un alivio cargar con ella siempre, con esta misma roca, un día y otro día y cada día. Un verdadero descanso. Aunque la terca opinión ajena insista: que si sobrellevo una existencia torturada, que si mi astucia se marchita desempeñando una tarea idéntica cada vez que sale el sol, que si jamás podré ver mis trabajos concluidos... ¡Ingenuidades! Sin ninguna intención de ponerme a ensayar paradojas, puedo afirmar que me han quitado un peso de encima.

¿Cambiar yo de roca? ¿Cambiar de colina, de hora, de designio? No imaginan los que se creen libres con cuánta responsabilidad cargan. Tanta decisión que tomar en vano, semejante insistencia en los cambios, deben de resultar agotadoras. Fíjense, en cambio, qué joven me conservo. Además, como es natural, con el paso del tiempo he ido adquiriendo ciertas habilidades en el aparentemente sencillo arte del levantamiento, traslado y posterior depósito de minerales de gran tamaño. No cometeré la exageración de declarar que no me cuesta ningún esfuerzo, aunque pueden creerme si les digo que he dejado de sufrir aquellos lamentables dolores de espalda y que ya apenas me agito al coronar la cima del monte. Podrán suponer que, con la escasa vigilancia a la que me someten, no son pocas las tardes en las que, en lugar de la reglamentaria elevación dorsal, cubro el último tramo empujando mi roca como si se tratase de una rueda o un formidable juguete. ¿Y qué si alguien me viera? ¿Adónde me expulsarían? ¿Van a encontrar acaso a alguien que me reemplace?

Otra de las patrañas de las que me río a carcajadas: el *terrible* momento de la caída de mi roca, la supuesta decepción de ver cómo se precipita de nuevo ladera abajo... A quienes ignoran la topografía de la zona, me gustaría informarlos de que la falda sur del monte es espesa, verde y húmeda; da gusto recorrerla. ¿Acaso alguien ha dicho que, entre ascenso y ascenso, no puedo permitirme mis pequeños recesos a la sombra de los árboles? Por otra parte, la veloz y estrepitosa carrera de la roca constituye un espectáculo fascinante del que nunca me canso. Me enorgullece confesar que todavía hoy, al comienzo de cada jornada, noto cierta ansiedad en mis movimientos. Como si la certeza de que a lo largo del día veré rodar la roca decenas de veces más no me impidiera aguardar, con la ilusión de un principiante, las primeras caídas de la mañana. Pueden llamarlo como gusten: vocación, simple paciencia o –si son perspicaces– puro sentido práctico.

Ha amanecido sin prisa. La hierba se calienta. Las opiniones se repiten, perezosas. Sé que sufro menos que muchos. No soporto ninguna incertidumbre. Voy por el sendero hacia el monte. Los árboles cimbreantes se lavan la sombra en el río. Sólo una cosa temo, y esto nadie lo sospecha: que un día como cualquier otro, al posar otra vez en el borde mi querida vieja roca, esta se quede inmóvil.

LOS PRISIONEROS

Apenas se distingue al hombre al fondo de su celda, un oscuro triángulo sin ruido, sin ventilación, sin compañía. Hay dos únicos muebles: una tabla sobre dos apoyos que imita una mesa, y una silla de precaria estabilidad que soporta cada día menos el peso del hombre prisionero. Pero el prisionero escribe, casi a ciegas, en unos viejos rollos de papel. En ellos cuenta la historia de Axel, un prisionero que consume sus días en una diminuta celda triangular. Axel no soporta el hedor propio ni las extrañas sombras que proyectan las paredes. Le cuesta conciliar el sueño y jamás sueña. Pasa las horas, las lentas horas triangulares de su vida garabateando en unos viejos rollos de papel la historia de un recluso que desespera en su vigilia, encerrado entre las tres paredes de una cárcel de la que sabe que no saldrá. Su nombre es Brenon, y a buen seguro caería en la desesperanza de no ser porque dedica casi todo su tiempo a narrar el triangular e inmóvil suplicio de Cristian, nombre del angustiado prisionero cuyo único quehacer consiste en urdir las horas de un desdichado hombre que no saldrá jamás de su cárcel equilátera, David. Pero David narra a Ernesto, Ernesto a Fiodor, Fiodor a Gastón y así sucesivamente hasta que cierto día, un día a cierta hora, el último de los prisioneros idea un modo de escapar: Zeno, en lugar de continuar describiendo los infinitos días de cierto personaje en una prisión triangular, intuye una presencia a sus espaldas y, tras dudar un momento, se dirige a Yago, que era quien escribía su historia. En ese mismo instante, Zeno queda libre. Con la inmediatez de una luz, Yago presiente que algo sucede y casi sin darse cuenta garabatea el nombre de Xavier, y entonces queda libre. Luego Xavier menciona a Walter, este a Viltias, Viltias escribe a Utor, este a Tames, y así sucesivamente todos los prisioneros van quedando libres hasta que, soltando la pluma y sin poder dar crédito, el primer hombre franquea el portón de hierro de su celda triangular.

Pero mi celda, no. Mi celda no se abre.

La pareja

No huelga recordar que la torpeza puede, en ocasiones, ser fruto de un exceso de simetría. Elisa y Elías eran un caso ejemplar. Incapaces de abrazarse sin que sus respectivos brazos derecho e izquierdo chocaran en el aire, ambos despertaban la admiración de sus amistades. Tenían los mismos hábitos. Sus opiniones políticas no diferían ni siquiera en lo anecdótico. Disfrutaban de parecida música. Se reían con similares bromas. En los restaurantes donde cenaban, cualquiera de ellos podía pedir tranquilamente dos menús idénticos sin consultar al otro. Jamás tenían sueño a horas distintas; lo cual, si bien estimulante sexualmente, resultaba fastidioso desde un punto de vista estratégico: Elisa y Elías competían en secreto por ocupar primero el cuarto de baño, por el último vaso de leche que quedaba en el frigorífico o por leer antes esa novela que, la semana anterior, ambos habían planeado comprar. Teóricamente, Elisa era capaz de alcanzar el orgasmo junto con Elías sin el menor esfuerzo. Pero, en la práctica, no eran pocas las veces en que ambos acababan trenzados en incómodas posturas, causadas por su deseo siempre simultáneo de colocarse encima o debajo del otro. Hacéis una pareja perfecta, dos medias naranjitas, solía decirles la madre de Elisa. A lo que ambos respondían sonrojándose un poquitín, y pisándose al ir a besar a la madre de Elisa.

Te odio más que a nadie en este mundo, quiso aullar Elías cierta noche accidentada, sin conseguir que Elisa lo escuchase o, mejor dicho, sin poder distinguir su propia voz de la de ella. Tras un sueño inhóspito pleno de sincronizadas pesadillas, los dos desayunaron en silencio y no necesitaron discutir para saber lo que sucedería después. Aquella tarde, al regresar del trabajo, ella no se sorprendió de encontrarse con la mitad del armario vacío cuando se disponía a llenar sus maletas.

Como suele ocurrir, Elisa y Elías han intentado reconciliarse varias veces. Se da la circunstancia, no obstante, de que sus teléfonos suelen estar ocupados cuando alguno de los dos hace el intento de llamar. Las raras ocasiones en que han conseguido fijar un encuentro, quizás ofendidos por la tardanza del otro en dar el paso, ninguno de los dos ha acudido a la cita.

NOVELA DE TERROR

A Fernando Iwasaki

Me desperté recién afeitado.

HOMBRÍA

Cuando abrí los ojos, vi cómo él también abría los ojos: nos miramos atónitos. Él llevaba puesta una camisa blanca y arrugada, abotonada a medias. Le faltaban los pantalones y un zapato. Aunque todavía conservaba, ladeada y retorcida, su corbata a rayas. Incorporándome un poco, a los pies de la cama divisé el ovillo negro de su traje y encima el otro zapato, reluciente. Antes de pronunciar palabra, lo primero que él hizo fue terminar de abotonarse la camisa. Cuando reparó en que estaba en calzoncillos, carraspeó con decoro y me dio la espalda mientras se acomodaba la corbata. Tuve entonces ocasión de contemplar mi propio aspecto, muy similar al suyo, aunque con un estilo algo más informal. Me quedé sentado en el borde opuesto de la cama. Ninguno de los dos sabía qué decir: ni mi padre, ni yo.

La espalda ancha y doblada de mi padre no se movía. Él alisaba con paciencia su cabello entrecano. Mi confusión aumentó cuando reparé en mis pies: estaban desnudos. Yo jamás duermo descalzo. Aunque jamás, tampoco, duermo en la cama de mi padre. Él se enfundaba ya los pantalones y examinaba las arrugas de la tela. Se ató los cordones de los zapatos. Carraspeó de nuevo. ¿Dónde había estado yo anoche? Sí, la fiesta. Mi padre daba una fiesta en casa y yo había preferido escabullirme lo más pronto posible. Había tomado un par de copas con los invitados y luego había llamado a unos amigos. Antes de salir, mi padre me había dicho: Hijo, dale la mano al señor embajador, ¿no lo recuerdas? Es el señor embajador.

¿Qué había sucedido después? Sí. La otra fiesta. Mis amigos. El manar del whisky, la catarata de la ginebra, el taladro del vodka. ¿Y luego? Luego licores frutales, seguro que más whisky. Sí, pero ¿y más luego? Luego un color negro, vueltas, tal vez un automóvil, tambalearse ante la puerta de mi casa, nuestro salón con las jarras medio vacías. ¿Y luego? Vueltas, vueltas... Me daba por vencido.

Mi padre, ahora sí, me miraba. Se había recompuesto un poco. Su expresión, no obstante, era de oculta alarma. Contemplaba mis pies desnudos y se miraba las manos. Me puse los pantalones. Lo ayudé a estirar las sábanas. Mi padre parecía estar en otra parte. Cuando encontró bajo la almohada mi corbata, me la entregó como una delicada serpiente y no volvió a parpadear hasta que la vio ceñida alrededor de mi cuello, con el nudo perfecto, recta. Terminamos de estirar la colcha en silencio. Sobre la cama se derramaba una luz ligera.

De pronto, mi padre sollozó. Sentí que se me helaba la sangre. Intenté ser valiente y lo miré a los ojos. Sorbiéndose las lágrimas, mi padre murmuró: Me alegró mucho que anoche saludaras al señor embajador. Era una visita importante. Él se acordaba de ti. De cuando eras pequeño. El embajador.

En ese momento me pareció que mi padre iba a sollozar de nuevo, pero en cambio se alisó el cabello entrecano y, carraspeando, añadió muy tranquilo: Hijo mío, haz el favor, enderézate esa corbata.

Luego salimos del dormitorio.

Héroes

Durante un raro acceso de lucidez, el héroe de la comarca asume que cada cual tiene una misión en esta vida: la suya es salvar al prójimo. El héroe sabe que su urgente deber es combatir a los malvados donde quiera que estén, y sale a la calle dispuesto a todo. Mira a un lado y a otro. Avanza, retrocede. Pero no divisa a nadie en apuros. La calle resplandece de serenidad. Las avenidas respiran verdor y los pájaros dibujan en el cielo. Esto es intolerable, piensa el héroe.

Furioso, justiciero, el héroe consigue colarse en la prisión de la comarca, burlar la vigilancia y liberar a una docena de malhechores que, sin salir de su asombro, se dispersan velozmente y se ocultan en los rincones más oscuros. El héroe no cabe en sí de euforia. Regresa a casa. Se sienta a esperar. Medita. Incluso alcanza a escribir tres o cuatro aforismos morales. No pasa mucho tiempo hasta que unos desgarradores gritos de socorro llegan a sus oídos. Entonces se incorpora de un brinco e, indignado, el héroe aborda la calle.

LA CURIOSIDAD

Aquel miércoles desapacible corría un aire a ráfagas. Posando de pie, rígidas, las putas del Paseo del Salón se habían abrigado de cintura hacia arriba. Aparcados junto a la biblioteca pública, dos coches con las lunas empañadas las vigilaban. Con el semáforo a punto de cambiar tuve un extraño impulso y, sin saber por qué, le anuncié al taxista que me bajaba allí mismo. ¿Aquí?, me preguntó el taxista, primero incrédulo y enseguida pícaro. Estúpidamente avergonzado, pretexté que un amigo vivía enfrente.

Al salir del taxi me asaltó una vaharada de colonia. Siguiendo su rastro divisé a una señora algo gruesa, calzada con unas botas rojas que le cubrían media pierna. Observando cómo los pliegues de las rodillas le asomaban por encima del plástico, sentí cierta repugnancia y también que inexplicablemente me excitaba. Ella estudió mi traje con la perezosa atención de las meretrices veteranas. Desvié la mirada incómodo y me alejé unos pasos. Bajo la marquesina, apoyada en uno de los postes, una mulata se fumaba la noche exhibiendo un hondo escote. Vistos de perfil, sus glúteos parecían un dibujo exagerado. Pensé en que jamás me había acostado con una mujer negra. Noté que la mulata miraba mi traje. Al dar un paso atrás vi una figura esbelta, alta y de muslos trabajados que permanecía inclinada sobre la ventanilla abierta de un coche en marcha. Empujado por la curiosidad, me aproximé a ella hasta poder oír fragmentos de su conversación. El conductor del coche lanzaba exclamaciones roncas, la figura esbelta y alta reía mecánicamente. Contemplé sus rizos rubios. Sus brazos musculosos. Su espalda vigorosa. Sus pies demasiado grandes. Comprendí demasiado tarde. Antes de poder alejarme, escuché que alguien decía a mis espaldas: ¿Tienes un cigarrillo? Di media vuelta y me topé con un tipo de mi misma edad, asomado a la ventanilla de un Peugeot azul. El motor de su coche subía y bajaba de revoluciones. ¿Me hablas a mí, tesoro?, preguntó con voz cavernosa la figura esbelta y alta, irguiéndose y acomodándose los rizos. Pero el tipo le contestó: No, a ti no; le hablo al del traje. A lo lejos, la mulata de la marquesina me miró con sorna.

Qué rápido sucede todo por la noche y hasta dónde nos empuja nuestra curiosidad. Eso pienso, nervioso, cada vez que paso en taxi junto al Paseo del Salón y me acuerdo de aquel miércoles desapacible, de aquel Peugeot azul.

EL ESPÍA

Antes de recibir el tiro de gracia de sus perseguidores, en el instante en que expectoró su primera sangre con la mirada fija en aquellos zapatos (de un horrible marrón claro, como no pudo dejar de advertir), bajo la amenaza de aquel cuero dispuesto a propinarle otro puntapié, tras haber sido capturado en las cocheras mientras intentaba darse a la fuga desesperadamente, el espía se sintió atravesado por una convulsión distinta: el deseo de vengarse de sus enemigos contándoles la verdad; pues, ya que no podría alcanzar la libertad ni la supervivencia, al menos utilizaría a sus verdugos para escapar del más inhumano de todos los tormentos, el de morir con la carga de un secreto jamás revelado.

LECTURAS

¡Carver! –repitió–. ¿Me oyes?

FLANNERY O'CONNOR

EL ORO DE LOS CIEGOS

Voy a causar un tigre.
BORGES

A Roberto Bolaño, con memoria felina

Hacía una tarde de esas que algunos cursis llaman cóncavas. El sol de las siete mostraba cierta querencia por permanecer sobre las cosas, hundiéndose en el patio de la Fundación. Estábamos preparados. Todo había sido calculado con exactitud. Era la primera ocasión y, muy probablemente, la última que se nos presentaría. Nos había llevado meses obtener su compromiso, convencer a su madre, recibir la tardía confirmación, disponer cada detalle. Era una tarde cóncava, si quieren, del año sesenta y uno. Nos calentaba un sol pequeño y la proximidad de la sorpresa. Esperábamos a Borges.

La Fundación tenía su sede en la calle Defensa, un poco antes de llegar a la avenida San Juan. El barrio de San Telmo entonces no era lo que es hoy: los turistas acudían más furtivos, menos numerosos. Nos habían concedido la licencia para instalarnos en un antiguo caserón de habitaciones húmedas y muros encalados que había pertenecido a una familia de criollos acomodados y, más tarde, a un matrimonio inglés con dudosos comercios en el puerto. Borges estaba contento, o eso decía: acababa de publicar *El Hacedor* y los peronistas estaban proscritos. Había prometido llegar a las siete en punto, aunque no estaba previsto que la charla diera comienzo hasta media hora después. A los vecinos les costaba esperar sentados. Todos estaban al tanto de lo que íbamos a hacer. Los organizadores disimulábamos la ansiedad alineando las sillas y haciendo bromas subidas de tono. Sé que suena raro: esperábamos a Borges contándonos chistes verdes. Irma Moguilevsky se había puesto una blusa con bastante escote y una falda poco prudente. Para alegrarlo al maestro, me había dicho al entrar. Borges es ciego, Irmita, tuve que informarla. ¿Pero y entonces?, había preguntado ella, entre decepcionada y confusa. No te aflijas, Irmita, y hacé como dijimos, suspiré.

Borges estaba ciego, aunque todavía adivinaba formas, manchas, sombras. No podía leer libros ni reconocer caras, pero podía ver fantasmas. Fantasmas de oro. Como sus lectores incondicionales sabíamos muy bien, desde ese incierto pozo en que el tiempo había ido sumiéndolo Borges era capaz de distinguir un solo color. Así que, cuando nos enteramos de que aceptaba dar una charla en nuestra Fundación, unos cuantos de nosotros concebimos la idea de prepararle un modesto homenaje: la concurrencia entera lo aguardaba vestida de amarillo, el felino amarillo. Irma se abotonaba la blusa con la mirada perdida.

A las siete y dos minutos, del brazo de una joven que yo no conocía, Borges franqueó el patio y avanzó con cautela entre las higueras. Varios miembros de la Fundación salimos a recibirlo. Él se acercó suavizando una sonrisa, como si viniera de comentar alguna anécdota graciosa. Lo primero que le escuché decir a Borges fue exactamente: Ah, no me diga. Y después: Pero eso sería imposible. Para mi decepción, nunca llegué a saber a qué se refería. Llevaba un traje pulcro, de corte anticuado. Iba acaso más peinado de lo que él mismo hubiera querido, y apretaba un delgado volumen de tapas negras. Recuerdo cómo me impresionaron las manos de Borges: cuidadas, fofas, frías. Como si, en su lasitud, aquellas fueran las manos de alguien sumido en un desmayo o en un sueño no del todo agradable. Borges preguntó con voz serena por algunos detalles del caserón. Todas nuestras respuestas parecían dejarlo pensativo. Luego de las presentaciones y de intercambiar algunas previsibles frases de cortesía que no entrarán, me temo, en ninguna compilación de aforismos, nos dirigimos al salón de actos. Separándose del brazo de la joven que lo acompañaba, Borges cruzó el recibidor con la frente apuntando hacia el techo. De inmediato se oyó un murmullo inquieto, un arrastrar de sillas. Todo el mundo se puso en pie y comenzó a aplaudir. Todavía de perfil al público, él agradeció los aplausos con una pudorosa inclinación y se dejó conducir a la tarima. Yo preferí permanecer de pie junto a la puerta. Me pareció que, hasta tomar asiento y comprobar que el silencio regresaba al recinto, Borges no recobró la calma. Entonces ahora sí, aclarándose la garganta, se dirigió directamente a la amarilla concurrencia. Su semblante ausente registró un primer temblor; luego se contrajo; y finalmente, tras unos segundos de vertiginosos giros oculares, se dilató en una sonrisa cómplice. Los ojos le relucían como dos monedas bajo el agua. Dejando escapar una carcajada traviesa, Borges exclamó: Y pensar que uno ya había renunciado a ver en vida algún tesoro... Todos reímos, volvimos a aplaudir y, durante un rato, dio la sensación de que el acto concluiría allí mismo sin haber empezado.

No creo equivocarme demasiado ni faltarle el debido respeto a Borges si afirmo que su conferencia no fue nada extraordinario. Borges nos dedicó treinta y cinco minutos de reloj en los que se limitó a remedar, sin duda con oficio y elegancia, tantas otras conferencias suyas. Aquella tarde

en la Fundación se le oyó hablar de narrativa norteameri-
cana, de espadas nórdicas, de dos o tres milongas, de ven-
ganzas irlandesas; también me parece recordar alguna ironía
sobre Sartre. En cuanto hubo finalizado, media concurrencia
se abalanzó para felicitarlo, pedirle una dedicatoria o sim-
plemente tocarle el codo. Al cruzarme con Irma Moguilevsky, ella me miró desconcertada y me susurró al oído:
¿Vos entendiste algo? Rodeado de un trajín amarillo, Borges
atendía a cada cual sin precipitación y sin dejar de sonreír-
le al techo. Poco a poco la sala fue vaciándose. Lo vimos
buscar el brazo de la joven y atravesar de nuevo el patio oscuro. Había anochecido. A la salida, unos cuantos incondicionales le propusimos convidarlo con una cena. Borges se
excusó diciendo que temía resfriarse. No faltó quien, por
este motivo, criticó su cortés indiferencia. Pero lo que ellos
no sabían, lo que casi nadie supo, fue que al término de la
charla su acompañante se me había acercado preguntándome si yo era de la organización. Borges nos mandaba decir
que se sentía hondamente agradecido por nuestro amarillo
recibimiento, que no aceptaba cobrar la conferencia bajo
ningún concepto, y nos rogaba la máxima discreción.

No creo ser injusto si aventuro que las tibias palabras
que Borges pronunció en la Fundación caerán en el olvido.
Y sin embargo sé que aquella tarde fue memorable. La memorable tarde en que entre todos, gracias a él, conseguimos
causar un tigre.

GOMBROWICZ LLEGA TARDE

Sentado en la confitería de costumbre, en una esquina de la Avenida de Mayo, Mastronardi miraba hacia la puerta. Jamás probaba un sorbo hasta que el té estuviera tibio. En la taza cabía su reflejo. Mastronardi, balanceándose ligeramente, se entretenía viendo aparecer y desaparecer su cara del espejo del líquido. Pensaba entonces: Esta taza es el tiempo. Luego se distraía. Y volvía a mirar hacia la puerta.

Gombrowicz llegó procurando disimular su apresuramiento. Se dirigió a la mesa con paso decidido, como si su retraso hubiera sido causa de alguna convicción irrenunciable. Se acercó y le extendió bruscamente una mano sin tomar aún asiento: su modo de pedir disculpas. Mastronardi lo recibió con benevolencia, extendiéndole la suya.

—¿Cómo está, Gombrowicz? —le dijo.

—Cálmese, Mastronardi —contestó agitado Gombrowicz.

Mastronardi desvió su sonrisa hacia un costado.

—Puede sentarse, Gombrowicz.

—Naturalmente que Puedo —dijo él, sin moverse.

—¿Y entonces? ¿Por qué no se sienta?

—Porque el hecho de que Pueda Sentarme, de que Las Condiciones estén dadas, mi querido Mastronardi, no significa necesariamente que Deba hacerlo. Tenga un poco de calma. Es más: si uno lo piensa bien, precisamente porque Todo indica que debería hacerlo, quizás haría mal en sentarme. Resultaría Sospechoso. O quizá no.

—¿Sospechoso, Gombrowicz? —se interesó Mastronardi, verificando la temperatura de su taza.

—Ah, mi querido, Querido Mastronardi... —suspiró Gombrowicz dejándose caer en la silla.

Ambos hombres se buscaron en lo profundo de los ojos. Incómodo, Gombrowicz volvió la cabeza hacia uno de los camareros y pidió un café solo. Rozando su taza con la punta de los dedos, a Mastronardi le pareció que el té ya estaba en su punto, pero prefirió esperar a que el camarero regresara con el café de su amigo. Gombrowicz apretó el cenicero que había en un ángulo de la mesa y lo atrajo hacia sí. Mastronardi se sobresaltó en secreto: hasta ese momento no había reparado en aquel cenicero. Gombrowicz buscó con cierto atropello un encendedor en su chaqueta y lo agitó.

—¿Me da un cigarrillo, Mastronardi? ¿O no me lo da?

—Lo lamento, Gombrowicz. Usted sabe que no fumo.

—¡Ojito! Yo sabía que no fumaba la última vez que nos vimos. Pero así es como se empieza a fumar, ¿no?, de un día para otro, traspasando de pronto un Límite. ¿O acaso sería posible *casi* fumar? ¿Me sería posible, por ponerle un ejemplo, levantar *parcialmente* este cenicero de cristal? El Caos Cotidiano sigue siendo Despótico y nos obliga a combatirlo mediante simplificaciones. Para saber qué hacer, entonces, o digamos que para no Alarmarnos demasiado, renunciamos a considerar cualquier equívoco. ¿No le parece?

Mastronardi, ahora sí, se permitió una pequeña carcajada. Se deslizó las gafas hasta arriba de la nariz en pico, apretó suavemente el brazo de su amigo y susurró:

—Le doy la razón en todo, salvo en una cosa: usted, que en este momento quiere un cigarrillo y todavía no lo tiene, está *casi fumando*...

Gombrowicz resopló como ofendido y se ajustó la corbata.

—Yo estoy *a punto* de fumar, que es algo muy Distinto —contestó.

El camarero trajo el café en una bandeja. Gombrowicz le quitó la taza de las manos y, sin llegar a posarla en la mesa, se la llevó a los labios. Después de un largo primer sorbo que dejó casi vacía su taza, levantándola con una mano y sosteniendo el pequeño plato con la otra, pronunció satisfecho:

—Con su permiso, Mastronardi.

Mastronardi hizo una inclinación de cabeza, sonrió y miró hacia la puerta. Su té se había enfriado.

5

−¡Alto ahí, señora! ¡Esto es una donación! ¡Se me queda quietecita recibiendo o le disparo!

Sin dejar de apuntar a la señora, el encapuchado deja caer unas monedas en la temblorosa mano derecha de la susodicha, siempre teniendo en cuenta que escribir *susodicha* es de pésimo estilo.

Después se da a la fuga impunemente.

17

El joven contumaz de la media en la cabeza se interpone de pronto en el camino de la señora con perro, que todo lo sufre.

−¡Alto ahí de verdad! ¡Ni se le ocurra moverse, eso ni loca!

Sujetando el antebrazo de su víctima, el joven encapuchado le abre la mano derecha hasta desplegar cinco dedos rechonchos, le coloca un arma de alto calibre en la palma de la mano y vuelve a cerrarle los dedos. Concluida esta manipulación, la estupefacta señora queda, uy, apuntándolo al pecho con una pistola.

—¡Esto es un asalto! —se apresura a chillar el joven de la media en la cabeza.

La señora, a quien nunca deberíamos llamar *susodicha*, intenta soltar el arma. Él no piensa consentirlo en modo alguno. Forcejean. El perrito ladra una tos débil y apática. En un momento cualquiera del forcejeo, pongamos en la mitad, el joven suelta un teatral aullido de pavor, le entrega su cartera a la señora y se aleja corriendo de la escena. El perrito no lo persigue.

28

Una señora ya algo entrada en años pasea a su perro salchicha. El animal se aburre con el paseo, le parece haber visto antes esa calle, aunque hoy en día todas se parecen un poco, la verdad. Caminan rápido. La señora está inquieta. No hace demasiado frío. Tampoco digo que esté cálido: una cosa intermedia. La señora y el perro se disponen a cruzar la calle que se parece un poco a todas. De un espectacular brinco, brinco sin duda de connotaciones olímpicas, un torso masculino impide a la señora alcanzar la otra esquina. Alto ahí, murmura el joven de la media en la cabeza: como ven, no suena demasiado convencido. Empuña un revólver anticuado y la voz le sale ajena, ensordecida, como detrás de algo:

—¿Esto es un asalto?

La señora no contesta, cabizbaja.

—¿Es esto un asalto sí o no?

Nada de nada; el perro frota sus genitales morados contra un árbol.

—Esto no es un asalto, ¿verdad que no?

El perrito sacude la cabeza.

—Disculpe. Sólo preguntaba —añade el acomplejado joven bajando el arma.

Cuando el encapuchado se vuelve, se oye un sollozo girando ciento ochenta grados, medición que aportamos sin ánimo de entrar en exhaustividades, etcétera. La señora cruza la acera con poquísima urbanidad, antes de que el semáforo cambie.

59

Un joven jadeante, armado y con una media en el bolsillo del vaquero ha llegado al muelle número cuatro del puerto. Por qué se trata del número cuatro y no de otro cualquiera, eso es algo que un narrador jamás será capaz de explicar. Desde el borde de la plataforma se asoma a contemplar el agua con gesto inexpresivo. Esa agua, oh, fuente de toda vida. Se baja la cremallera y, cabizbajo, contribuye muy modestamente a aumentar su caudal.

A un marinero gordo y no muy lector que digamos, mientras desciende de una lancha llena de arenques, le parece oír una detonación y casi de inmediato una zambullida. ¿Se entiende?

77

Un arrebatado joven sin capucha y una hoja de papel, frente a frente. El joven empuña un bolígrafo. El bolígrafo hace sombras de poco mérito plástico sobre el papel. Ninguno dice nada. Pasan así largo rato: el joven cabizbajo, el papel en blanco. Nada que no suceda cada día del mes. De pronto el joven comienza a disparar, equivocándose de víctimas.

99

Un libro de encuadernación corriente, ni caro ni barato, de esos que se imprimen ahora, se mantiene en el aire gracias al providencial sostén de la mano derecha de un paciente lector. En un momento dado, el lector lee: *Queneau asaltaba ancianas.* Frunce el ceño. Sigue adelante unas líneas. Se detiene en seco. Hace una mueca de disgusto y cierra el libro. ¡Esto es un robo!, exclama el lector, antes de marcharse a dar una caminata melancólica por el puerto.

Al fondo del pasillo, un memorioso perrito ladra.

La intención del autor

Estaba yo la mar de cómodo sentado en un café. Tomaba café: lógico. Y leía un libro de cuentos, hábito casi indecente en este país. Yo siempre me he tomado muy en serio lo que leo, sobre todo si son cuentos. Los cuentos nunca mienten. Nunca. Así que yo leía. Caramba, me repito.

De pronto un tipo irrumpió en el café dando zancadas. Llevaba perilla, una melena negra peinada como un arpa delante de los ojos y unas gafas pequeñas y redondas, como todos los miopes con ínfulas. Pero ese tipo. Lo había visto antes. Cuándo. Hacía poco. De hecho, hubiera jurado que acababa de verlo en alguna otra parte. Di un respingo en la silla y me abalancé sobre el libro de cuentos recién terminado, que me había dejado sumido en esa grata melancolía durante la que se gestan las opiniones verdaderas acerca de los libros. Lo abrí y volví a mirar la solapa: era él. El mismo tipo que acababa de entrar. Isaías Osorio. El autor de aquel libro.

Isaías Osorio, joven narrador tan dotado para la fábula como para los estupefacientes, dueño de un estilo irritante y entrecortado a semejanza de tantos autores de su precoz generación. Osorio se negaba a yuxtaponer dos frases. O a subordinarlas. Narraba así. Sin concesiones. Una palabra.

Otra. Y luego el hacha. Así. Sin más. Qué tipo. Era genial. O parecía. Isaías Osorio era un cuentista casi secreto y residía en un pequeño pueblo de la costa que quedaba a más de quinientos kilómetros de mi ciudad. Osorio tenía fama de salir poco de su pueblo, donde era venerado hasta la masturbación por un grupo de epígonos. Así que las posibilidades de que él estuviera de visita en mi ciudad eran de por sí escasas. En cuanto a que ese día se le ocurriera además entrar en el mismo café roñoso que a mí me gustaba tanto, resultaba una fantasía un tanto exagerada. Pero que al verlo entrar yo estuviese leyendo su único libro publicado, cuyos lectores en todo el país se contaban por decenas o en el más optimista de los casos por centenas, aquello ya arañaba lo imposible. Ni siquiera yo mismo, aunque había oído hablar de él con esa atención rencorosa que prestamos los escritores mediocres a los asuntos de los demás escritores, habría sido capaz de reconocerlo hasta aquella tarde. Fotogénico en la solapa. Gesto rabioso. Con perilla de mosquetero. Melena indomable. Nariz curva. Él: Isaías Osorio, el tipo que acababa de entrar en el café.

Comprendí de inmediato que aquel suceso no podía ser otra cosa que una señal. Un guiño que la diosa literatura acababa de hacerme en su lenguaje predilecto, el del azar. Era entonces o nunca. Me decidí a abordar a Isaías Osorio. Le conté esta historia. Le di mis opiniones sobre sus relatos como suelen hacer los escritores que se tratan, desmesurando sus dos o tres virtudes y omitiendo sin pudor todas las flaquezas. Luego, como suelen hacer los escritores que se tratan, le hablé de mis propios cuentos. Le describí mis sueños literarios y mi fe en los encuentros mágicos. Él me escuchó relativamente interesado y, al concluir mi monólogo, me pidió que lo invitara a una cerveza. Que al final fueron, si no recuerdo mal, seis.

Isaías Osorio y yo nos hicimos amigos. Lectores mutuos. Hermanos de tinta. No nos vimos más de tres veces, pero estábamos destinados a compartir la suerte. Los cuentos no mienten nunca si uno sabe leerlos. Lo invité a que volviera a visitarme. Le confié mis páginas inéditas. Le presenté a todos los escritores de la ciudad. Le presenté a mi madre. Le presenté a mi novia. Compañeros del alma con una misma suerte.

Isaías Osorio, por su parte, sólo me presentaría dos cosas andando el tiempo: mis cuentos inéditos a un concurso, firmados con su propio nombre; y sus sinceras disculpas por haberse acostado con mi novia. Él era así. Cortante. Elíptico. Genial. O eso parecía. Yo le di una paliza de más de media hora, le rompí la nariz y luego lo acompañé hasta el hospital. Él me juró venganza y al día siguiente se marchó a su pueblo sin despedirse de mí ni de mi novia. A pesar de sus amenazas, nunca he vuelto a saber de él. O sí, sólo una vez: cuando ganó aquel concurso con uno de mis cuentos inéditos. Lo leí en el periódico. Dos destinos cruzados. Una misma suerte.

Durante algún tiempo dudé de mis principios literarios. Siempre había confiado en la diosa ficción y en sus sagradas emisarias, las coincidencias. ¿No se había hecho rico Paul Auster con estas cosas? Pero la recompensa por mi larga fe no había resultado, hasta el momento, nada generosa. Me tentaba la idea de que jamás debí haber comprado el librito de Isaías Osorio. O de que, una vez comprado, no debí leerlo. No, al menos, aquella tarde. O la idea de que, aun en el caso de adquirir ese libro y leerlo aquella misma tarde, jamás debí haberme dirigido a su estúpido autor, por mucho que este irrumpiera milagrosamente en la ciudad más insospechada, a quinientos kilómetros de su zona de influencia, y se sentase en una mesa contigua a la mía.

Sin embargo, pensar de un modo tan prudente me resultaba poco real y todavía menos estético. Y me obligaba a concluir que el laberinto de la vida, sus ocultos vericuetos, constituían una simple farsa. A reconocer, en una palabra, que el mundo carecía de sentido. Idea que personalmente no he podido tolerar jamás y que los buenos escritores jamás aceptarían. En especial, aquellos que escribimos acerca del sinsentido del mundo.

Es por eso que, cuando en las páginas de cierto suplemento leí en letras de molde el contundente nombre de Arístides Malgré, un cejijunto y prometedor debutante en el género del cuento, corrí a comprarme su libro. Y por eso luego, sin querer hojearlo todavía, con una rara sensación de gozo y de fatalidad, me senté en mi café de siempre a esperar que anocheciera.

EL EDITOR NO DUERME

A Adolfo García Ortega, Jorge Herralde y
Juan Casamayor, cada uno a su modo

Pensarán que es lo más cómodo. Que en vez de quemar las horas frente a una página, de las espesas tardes de tachaduras o la ansiedad de perseguir una palabra, lo práctico es dedicarse a esperar que lo hagan otros y después editar el libro. Si eso es lo que piensan, allá ustedes. Y aquí Libra, por cierto, respirando a mi lado.

Ya son más de las dos. No lo soporto. Quisiera que se callen. Un poco de silencio, es todo lo que pido. Mis jornadas pasan voraces y se doblan, de una en una y sin descanso, como las páginas de una novela siempre a medias. Ruedo en la cama de izquierda a derecha. Entre las sábanas, cerca del margen, Libra se encoge un poco. Basta ya.

Todo empezó como cualquier historia: sin avisar. Trabajábamos demasiado, pero los fines de semana desconectábamos el teléfono, nos llevábamos un par de manuscritos a casa y desaparecíamos. Entonces Libra cambiaba de sonrisa y me enseñaba la de siempre, la nuestra, su sonrisa de domingo. Tumbado junto a la pantalla parpadeante de la piscina, yo me dejaba imprimir por la sombra de la palmera. La fuente garabateaba un chorro de agua clara. Y así me dejaba ir, hojeando a gusto el domingo, y Libra iba y venía, y éramos felices hasta donde pueden serlo las personas razonables.

Pero un día, de pronto, las noches se poblaron.

No digo que Libra y mis ayudantes no se desvivan conmigo cada jornada. Entre todos repartimos papeles aquí y allá; leemos informes; contestamos las cartas; llenamos y vaciamos el cesto; hablamos por teléfono en todos los idiomas, incluidos los que no sabemos; revisamos las caras de los libros frescos, procuramos que parezcan saludables; bailamos la danza del vientre ante los periodistas; cuando es preciso, retamos a duelo al impresor; y tantas otras suertes. Así mañana y tarde. Apremio con secreto cariño a mis ayudantes, que son espléndidos porque no saben que yo pienso que lo son. Por fortuna, Libra me ayuda en todo. Pero desde hace un tiempo hay una diferencia entre los demás y yo. Es por las noches.

Al principio, cuando Libra se duerme, me duermo en su descanso y todo parece ir bien. Encuadernado entre las sábanas, me ablando poco a poco, olvido, y comienza a redactarse el prólogo del sueño. Entonces aparece el ruido. Es terrible y sutil. Apenas suena. Pero yo lo oigo: son ellos, mi legión, todos mis escritores juntos arañando folios, presionando teclas, imprimiendo palabras, maquinando tramas. De todos oigo el eco. Una orquesta a distancia. En un primer momento, el escándalo se limitaba a los autores vivos. Luego fue a peor: se les sumaron los que se habían ido, y más tarde los que se quedaron encerrados en el almacén de mi memoria e incluso varias docenas de autores rechazados. Hay al fondo de la noche como un temblor de anaqueles, un trajinar de páginas, y empiezo a distinguir voces intermitentes, conocidas, voces que ya no hablan. Y esas voces vuelven a conversar con las de los vivos y escriben frases juntas, todas para mí, y yo tengo que soñar que las edito. Basta ya. Les suplico que se callen un momento pero el volumen aumenta, el volar de las plumas, el bisturí de los rotuladores finos, la percusión de las impresoras, los blocs como ladrillos, ¡un poco de silencio!, y alguien me abraza por la espalda y me sobresalto: es Libra respirando junto a mí, y me pongo en pie procurando no despertarla, me asomo al balcón y miro la fuente inspirada, el patio que de día se corrige, la alfombra inédita del césped, el pozo ilustrado de la piscina. Harto estoy de bajar a darme un baño en plena madrugada. Nado de espaldas, emborronándome. Me deshago entre el cloro como un pez de papel. No son pocas las mañanas en que la puntual urgencia del despertador me sorprende con los ojos abiertos, sentado en el jardín, clamando por un poco de silencio. Y corro al dormitorio, subo las escaleras y llego justo a tiempo para ver cómo Libra entreabre las tapas de su mirada azul y yo, extenuado, le doy los buenos días.

No hay nadie en sus cabales que soporte tanta literatura. ¿Estoy en mis cabales? No lo sé. Sólo sé que ya son más de las dos, que la madrugada aprieta, que Libra sueña en paz, quieta, de lado, y que no he tenido más remedio que rendirme y sentarme de una vez. Sentarme frente a la mesa, insomne, solo, a escribir estas palabras para que mis autores se callen un momento y, al menos esta noche, sean ellos los que escuchan.

LA TRADUCCIÓN

A Pilar y Lu

Un poeta de los llamados mayores recibe una carta con un poema. Se trata de una mañana algo ventosa y se trata de un poema suyo: unos señores de cierta revista se lo han traducido a una lengua vecina. Su intuición lingüística le sugiere que la traducción es lamentable. Así que, con la sincera intención de comprobar si se equivoca, decide entregarle esta versión extranjera a cierto amigo suyo, profesor, traductor, poeta, miope. Le hace llegar una notita amable rogándole que traduzca aquel texto a su común lengua materna. El poeta sonríe, se diría que travieso: ha omitido, por supuesto, la autoría del poema.

Como su amigo pertenece a la vieja guardia postal, no ha transcurrido una semana cuando el poeta encuentra en su buzón un esmerado sobre con la respuesta requerida. En ella, algo extrañado, el remitente se aventura a suponer que se trataba de un texto de lectura relativamente sencilla para alguien tan sagaz como su querido poeta, y por añadidura tan conocedor de las lenguas, pese a lo cual le propone con todo gusto una versión autóctona esperando que sea de su agrado y despidiéndose con afecto atentísimo. Sin perder un segundo, el poeta se sienta a leer la traducción. El resultado es desastroso: analizado con detenimiento, este tercer poema no guarda semejanza alguna con el ritmo, ni con el tono, ni con las evocaciones del texto original. Más que menos, él se considera un lector comprensivo con las libertades literarias de los demás. Pero, en este caso, no es que su amigo se haya permitido ciertas licencias, sino que más bien parece haberse tomado todas las licencias a la vez. Los matices se han perdido. La dicción parece turbia. De la sonoridad, ni rastros.

Recuperado del espanto, le escribe a vuelapluma a su amigo agradeciéndole su diligencia y, sobre todo, aquella traducción que se le antoja sin lugar a dudas exquisita. Pese a todo, el poeta decide no darse por vencido y le remite esta versión tercera a otro traductor, menos amigo suyo aunque más reputado, para que se la vierta, si fuera tan amable, a cierta lengua vecina. El pretexto alegado es que una revista extranjera le ha propuesto que traduzca un poema de un amigo suyo y, con franqueza, él se siente incapaz de acometer tan delicada tarea sin incurrir en deslices. Y, presentándole su más sincera admiración y gratitud, se despide, le promete, le desea, etcétera.

A aquellas alturas, el resultado poético comenzaba a ser lo de menos para el inquieto poeta; quien, nada más recibir la aplicada respuesta del segundo traductor, vuelve a despacharla, bajo firma apócrifa, a un riguroso filólogo calvo al que no ha tratado personalmente pero que en alguna ocasión le ha dedicado una reseña elogiosa. La petición es que vierta a su lengua común aquel texto de un importante poeta extranjero, para poder estudiarlo más a fondo. Semanas más tarde, con cortés demora universitaria, el académico le devuelve el poema reescrito y le propone que cenen algún día juntos para hablar de su autor. Pues, si bien su interés literario es a todas luces menor, le extraña sobremanera no haber tenido antes noticia de él.

Esta cuarta versión de su poema, si el gusto no le falla, está llena de tropiezos y roza ya lo ininteligible. Los referentes han volado, el tema se desvía hasta las periferias más remotas, los encabalgamientos hacen ruidos de serruchos. Desolado, aunque también divertido, imagina por un momento todos sus libros juntos traducidos a aquella lengua o a cualquier otra lengua. Suspira abrumado. «La poesía» –piensa entonces– «es definitivamente intraducible». Y, sin importarle nada, le regala este lejano poema a una apreciada colega extranjera: es obra de un amigo fraternal –le escribe–, y me alegraría mucho que pudiese usted darlo a conocer, traducido, en la publicación de su país que considere más oportuna. Confío plenamente en su criterio y bla bla bla. Y más abajo los mejores deseos, siempre suyo, y todo lo demás.

Contentémonos con señalar que el poeta repite esta operación de ida y vuelta otras cuatro veces, siempre con idénticas peticiones y parecidos pretextos. Cada contestación que recibe lo incomoda, lo indigna y lo fascina a partes iguales. Unas veces le encomian el poema, otras se lo censuran sin piedad. Como quien se dedicase a un febril pasatiempo, sin repasar apenas las respectivas traducciones y retraducciones, él se limita a meterlas en un sobre para enviárselas de nuevo a algún colega bilingüe.

El tiempo pasa, bobo.

Y es así como una mañana gris, a la traducción decimocuarta, el poeta rasga el sobre y sostiene entre sus manos una versión de factura familiar y alcance exacto: es, según va recordando, palabra por palabra, como por coma, su propio poema, el primero de todos. En un principio lo asalta la tentación de correr a su escritorio para comprobarlo. Luego, más calmado, se dice que está bien así, tal como suena, original o no. Y se dirige a su escritorio, aunque ya con otro objetivo. «La poesía es definitivamente intraducible» –anota en su libreta– «pero, tarde o temprano, un poema será siempre traducible». Luego abre una novela, perezoso, y se pone a pensar en otra cosa.

EL GÉNERO LITERARIO

A todos los cuentistas

Encogido de ánimo, el narrador breve penetra en el extenso despacho. Al avanzar divisa una cabeza de antílope disecada, varias fotos enmarcadas en las que se repite un señor calvo con un puro, una inmensa papelera y, detrás del escritorio, reclinado en un sillón, un señor calvo idéntico al de las fotos que lo observa en silencio.

–Buenos días, señor, es un placer.

–Buenas tardes.

–Venía, en fin, ya se lo habrán dicho, creo, por lo de mi libro. He telefoneado unas cuantas veces y, como nunca lo encontraba, finalmente me pareció...

–Le escucho.

–Bueno, pues que venía por lo de mi libro.

–Ajá. Comprendo.

El señor calvo, mordiendo un puro, estira un brazo para alcanzar la papelera. El narrador dice:

–Verá usted, señor, si me lo permitiera, antes de que me, usted, en fin, quisiera...

–Faltaría más. Siéntese.

–Muchas gracias.

–De modo que su libro es uno que...

–En efecto: el mismo.

–Ajá. Notable –observa el señor calvo.

–¿Y cree que tal vez ustedes, siendo optimistas, en un futuro al menos, me refiero, mis cuentos?

–¡Oh, en fin, ya sabe usted! –sonríe el señor calvo, consultando su reloj de pulsera.

El narrador breve tiembla un poco. Recuerda que no se ha lavado los dientes y se siente equivocado, innoble, corto de aliento.

–A lo mejor –intenta–, si tienen que pensarlo un poco más, si acaso necesitan algo más de tiempo para...

–Seamos francos –lo interrumpe el señor calvo–. En esta vida nos conviene ser francos, ¿no le parece?

–Sí, sí, por supuesto.

–¡Así me gusta! Entonces, ¿estamos de acuerdo?

–Bueno, claro, cómo no, pero ¿y mi libro?

–¿Cuál? ¿El de los cuentos?

–Ese, justamente, sí.

–Preferiría que charlásemos sobre su novela.

El narrador breve nota que una repentina sudoración le inventa una corbata por debajo del cuello de la camisa.

–¿Mi... mi novela? ¿Cuál novela?

–Amigo, amigo mío... –sonriendo, el señor calvo se quita el puro de la boca y hace un gesto con las manos, como si firmase un documento en el aire con un lápiz incandescente–. No es un problema literario, no lo es... La calidad, ya sabe, es lo primero que tenemos en cuenta… Sus relatos, desde luego, sus relatos... Ese pulso, esa voz… Y la estructura también, qué duda cabe... Semejante economía de recursos, un estilo tan personal... ¡Verdaderamente admirables!

–Se lo agradezco mucho, señor, de veras.

–¡Faltaría más! Ahora bien, querido amigo, si en vez de cien folios fueran por ejemplo trescientos... Si esos personajillos dispersos mantuvieran siempre los mismos nombres... Si en lugar de Praga y Asunción dijéramos, yo qué sé, es un poner, Madrid y Barcelona...

–Disculpe, no le entiendo.

El teléfono del escritorio ha comenzado a chillar. El señor calvo muerde el puro, se rasca la cabeza, levanta el auricular, suelta una carcajada y exclama: «Hombre, Ricardo, ahora mismo estaba pensando en llamarte». Durante un instante, el narrador breve juraría que la cabeza del antílope se ha vuelto hacia él. Al bajar la vista, alarmado, repara en que uno de sus calcetines exhibe un pequeño agujero a la altura del pálido tobillo. Cuando el señor calvo cuelga el teléfono, el narrador susurra:

–¿Entonces...?

–¿Entonces qué, amigo mío?

–Pues eso, en fin, digamos. Su opinión. Mis cuentos.

–¿Los cuentos? Pero si eso ya lo hemos discutido: ¡definitivamente admirables! No cabe la menor duda. Es usted un auténtico observador del alma humana. Un ojo de nuestro tiempo. Un estilista. Un poeta. Todas esas cosas. Puede sentirse satisfecho –el señor calvo busca mientras una ficha, hace una anotación, deposita un sobre en la papelera y luego acerca su cara a la del narrador breve, sonriéndole entre el humo–. Pero ahora, mi amigo, hablemos de su novela.

En la literatura
Todos somos pacientes

–Muy buenas. ¿Usted es el narrador?

–El mismo. Mucho gusto.

–Adelante, está usted en su casa. Por aquí.

–Le agradezco que me haya atendido tan pronto, doctor. Es muy amable. Tiene usted una consulta verdaderamente acogedora.

–¿No me diga? Qué observador. A mí en cambio no me gusta demasiado. La encuentro, cómo decirle, un poco fría.

–¿Fría? En absoluto: me parece un lugar perfecto para trabajar.

–¿Para que trabaje quién? ¿Usted o yo?

–No sé, me imagino que usted. O yo. No sé.

–Ajá. Desvístase.

–¡Pero si ni siquiera me he sentado!

–Correcto: veo que tiene método. Siéntese en la camilla, entonces. Y desvístase.

–De acuerdo, de acuerdo. Hoy en día todos los médicos son iguales. No se toman su tiempo. No investigan. Apenas reflexionan sobre lo que ven. Auscultan y al siguiente.

–No me parece el mejor momento para discutir esas cuestiones. Y tampoco lo veo a usted en situación de exigir tanto. Pero permítame puntualizar que, con los tiempos que corren, lo difícil es encontrar casos especiales. Es normal que uno vaya rápido: todos cuentan lo mismo.

—¿Qué?

—Hombre, yo qué sé. Que si el amor se va pero siempre vuelve, que si asesinan a alguien pero el plan se complica, que si hay que descifrar un código templario, que si una princesa se enamora...

—No, no. Digo si qué: si me desvisto ya o qué.

—Ah, sí, perdóneme. A veces me distraigo. Eso me pasa por darles conversación a los pacientes. En fin. Ahí tiene la camilla.

—Hace un poco de frío aquí, de repente...

—¿Lo ve? ¿No le decía yo?

—Qué bien, doctor. Parece que nos vamos entendiendo.

—Eso ya lo veremos. De momento, quítese esa ropa.

—Bueno. Pero dése la vuelta.

—Bueno. Pero no me entretenga y vayamos al asunto.

—Ya está.

—¿Ya está?

—Sí, doctor.

—¿Podemos empezar, entonces? ¿O todavía quedan más introducciones?

—No, estimado doctor. Creo que está bien así. Crear un mínimo de expectativa siempre es importante, pero más delicado aún es no caer en la retórica. Yo diría que el clima ha quedado razonablemente conseguido. Ahora podemos pasar a exponer el asunto principal.

—Muy bien: ¿cómo se siente?

—No me haga esa pregunta tan directamente, se lo ruego.

—Debo hacérsela.

—Sí. Pero es incómoda.

—Lo lamento mucho. Es mi papel.

—Dolor.

—¿Cómo dice?

–Dolor.

–Explíquese. No puedo adivinar sin más. Tengo que conocer los detalles.

–No estoy seguro de que sea pertinente, doctor. Al menos, desde un punto de vista estético. Sé que hay autores prolijos. Yo en cambio me considero tenso, contenido.

–Si lo suyo es tensión, entonces el problema podría ser arterial. Si es contención, habría que revisar los riñones.

–Doctor, permítame decirle que detesto que me simplifiquen.

–Eso será culpa suya. Explíquese mejor. Sugiérame emociones.

–Un dolor, le decía, un dolor sin fronteras. De tierra a cielo, desde el mar al desierto.

–Continúe, por favor.

–Oh, preferiría no hacerlo. Temo que, si sigo, ya no se me entienda.

–Les pasa a todos. Créame.

–Sí. Pero yo soy yo.

–¿Pero no estábamos en que su dolor no tenía fronteras?

–Veo que presta usted atención a lo que digo, doctor. Eso me consuela.

–Además, eso de que usted es nada más que usted habría que pensarlo.

–¡Cuánto sentido común, doctor! Yo quería decir más bien que soy una frontera, que uno es en sí mismo una frontera. Pero a la vez, o quizá por eso, el dolor nos une. El dolor es la línea de contacto, el punto de sutura.

–Es curioso. Ahora habla usted como un médico.

–Lógico, doctor. Forma parte de la consulta. Tengo alguna experiencia. Tarde o temprano sucede: me transformo, me asimilo. Yo era yo, uno es uno, hasta que llega otro, llega usted por ejemplo, y entonces usted deja de ser el otro para en cierto modo convertirse en yo mismo. Al fin y al cabo usted también piensa que es solamente usted, y en esa mismidad estamos todos, tanto yo como usted, o viceversa.

–Ejem. Me deja usted perplejo. Aunque lamento anunciarle que está a punto de enredar los personajes. Se trata de una patología bastante corriente, sobre todo durante el desarrollo del relato. Y le recuerdo que allí fuera tengo a muchos pacientes esperando. No tenía por qué atenderlo a usted. Fue sólo simpatía, o intuición, o yo qué sé. Pero todo tiene un límite.

–¡Exacto! Suscribo la idea, doctor. Todos tenemos un límite. Y, como iba diciéndole antes, ese límite nos une...

–... nos une y nos separa.

–¡Exacto! Precisamente ese es el problema. Cuánta razón tiene, doctor, cuánto lo admiro.

–Bueno, en fin, muchas gracias. Tampoco creo que sea para tanto.

–¡De ninguna manera! Es usted extraordinariamente perspicaz. Siento que estoy en las mejores manos. Cualquier elogio es poco. Usted sí que sabe interpretar a los pacientes.

–Caramba, me abruma usted... Sí, por qué no reconocerlo: son ya bastantes años de experiencia, uno lee bastante, conoce muchos casos... Ejem, ¿le parece que prosigamos?

–¿Proseguir con qué...? ¡Ah! Encantado. Pero no me malinterprete, doctor. La digresión era oportuna. Íbamos demasiado rápido hacia el desenlace. Una cosa es la eficacia y otra cosa distinta es la pobreza de recursos.

–Si usted lo dice. Al fin y al cabo es su salud, no la mía.

–No crea.

–¿Cómo dice?

–Lo mío, y no se extrañe, puede llegar a ser bastante contagioso.

–No me diga. Le confieso que ya casi adivino toda su historia clínica.

–No se imagina el alivio que me produce escuchar eso. ¿Entonces tengo cura?

–Bueno... Ejem...

–¿Entonces no tengo cura?

–Verá, sería mucho más narrativo, quiero decir más útil, que nos refiriéramos al mal antes que a los posibles remedios.

–¿El mal? Un mal enorme. Todo el mal que nos quepa. El de cualquier persona. De tierra a cielo, créame. Desde el mar al desierto. E incluso le propongo una variante: desde el pez hasta la duna.

–Ya lo tengo: ¡metonimia!

–¡Doctor, es usted un ser sensible! Y todavía hay más, escuche: siento un dolor aquí, en el centro de la garganta, que se expande nadando y escarbando hacia adentro. Unas veces forma olas, otras veces acumula arena. Cuando acumula arena, uno termina, ¡oh!, recluido en un castillo; si se han formado olas, el final nunca difiere demasiado de ahogarse. He ahí mi enfermedad, ¿comprende? He probado con todo: invitar al ahogado a cenar al castillo, obligar al rey a nadar hasta alguna isla, insinuar que los náufragos se salvan, simular que los peces se ríen como niños... Pero nada: el dolor general sigue ahí, donde estaba al principio. Y entonces, volviendo al principio...

–No siga, se lo ruego.

–¿Pero por qué, doctor? Me notaba inspirado.

–Entonces mejor espire. Y relájese un poco. Si le soy sincero, ya comienzo a sentir unos dolores aquí, en el costado.

–¡Eso es algo magnífico, doctor!

–Puede ser. Pero mejor se viste y que pase el siguiente.

SOBRE LAS BONDADES DEL PUNTO DE VISTA

Un joven raro (especifiquemos: de una rareza parcial, no demasiado evidente) viaja sentado en el autobús. Preferiría no llamarlo, por ejemplo, Henry. Siempre me han parecido de mal gusto esa clase de nombres anglosajones. Salvo, claro, que la historia transcurra en Londres. Pero este no es el caso ni muchísimo menos. Estamos en una ciudad más bien modesta. El joven parcialmente raro, que por lo tanto no se llama Henry, lleva una bolsa en la mano. Una bolsa de una librería. Como un fotógrafo que improvisase una cámara oscura, el joven manipula el contenido de la bolsa y, de vez en cuando, desvía la cabeza hacia el pasillo del autobús con un aire de tranquilidad tan ostensible que revela que está nervioso. Sus manos se mueven con disimulo. Entre sus dedos alguien podría haber visto un sobre. Digo podría, sólo; no seamos suspicaces. Sin sacar de la bolsa el sobre, el joven No Henry lo ha rasgado, ha extraído unas cuartillas manuscritas y las ha separado –oh– de otro papel más pequeño, rectangular y verde. Casi podríamos asegurar que se trata de un billete de cien euros; lo cual, no siendo una fortuna, representa sin duda una cantidad considerable para un pasajero corriente que sube a un autobús. No Henry lee la carta, se queda unos momentos pensativo y luego dobla con sumo cuidado las cuartillas manuscritas, envuelve el billete verde y lo devuelve todo al sobre. Admira tanta prestidigitación, si bien no deja de ser –más bien empieza a ser– cada vez más sospechosa. Por el momento nadie parece vigilarlo, pero eso no importa. Siempre hay tiempo para que ocurra una desgracia.

Lo anterior no quiere decir que por fuerza deba tener lugar algún incidente desafortunado: hay lectores prejuiciosos y hasta sensacionalistas. Supongo que me siguen. De esos lectores que enseguida dicen: Bah, verás que ahora pasa esto y luego esto otro, seguro. Pues no, señor. No tiene por qué pasar nada. Es un simple autobús y no un jaula de búfalos. Aunque, para ser del todo honestos, reconozcamos que por obra de esta acotación la integridad del joven No Henry tampoco está garantizada hasta el final del relato. Eso también resultaría demasiado previsible.

Dejémoslo en que nadie sabe a ciencia cierta qué podría sucederle al pasajero del sobre, al joven prestidigitador que ahora, para mayor sospecha, rasga un segundo sobre y repite la operación paso a paso, incluyendo los cien euros. Esto empieza a pasar de castaño oscuro: una cosa es la relativa extravagancia de contar doscientos euros en mitad de un autobús, y otra muy distinta es guardarlos por separado en varios sobres. ¡Pero dos no son varios!, podrá objetar algún lector sagaz. Y teniendo razón ese lector imaginario, hay completa exactitud en decir varios porque, fíjense, en este mismo instante aparece un tercer sobre. ¿Y así hasta el infinito, impacientes míos? En absoluto, en absoluto... El tercer sobre, de contenido idéntico a los anteriores, es y será el último. Ninguno más. Trescientos euros, entonces, y No Henry silbando distraído con su bolsa en la mano. Para colmo, una vez terminadas sus misteriosas manualidades, el joven se arrellana en el asiento y se pone a leer nada menos que un libro de sonetos traducidos.

Qué me dicen.

Bien. Como llegada a cierto extremo la intriga es de mal gusto, no estaría de más aclarar el origen de los sobres: su tía, que es pianista y en verdad no muy alta, se los ha dado a No Henry para que él se los entregue a su familia. Una pequeña suma y una carta para cada uno. Pese a las instrucciones de su tía, el joven No Henry duda si aceptar el dinero. Al menos, en lo que a su parte se refiere. No es que le sobren los ahorros, pero se sentiría más cómodo sin tener deudas de gratitud con su tía. Las familias, ya se sabe, son así. Y, como tampoco acierta a imaginar las consecuencias de tomar una u otra decisión, ha decidido cotejar su carta con las otras dos para averiguar hasta qué punto se trata de un dilema individual, y hasta qué punto de un delicado asunto familiar. Eso es todo. Al fin y al cabo no se trataba de una historia tan descabellada. En cuanto al libro de poemas –un delgado volumen color malva, finamente impreso–, eso ya sería más difícil de justificar.

Cuando No Henry desciende en la parada que le corresponde, un hombre corpulento baja tras él. Ambos casi se rozan, y luego echan a andar en direcciones distintas. Sin embargo, cuando el joven lleva recorridos unos veinte metros –digamos mejor diez, porque el otro no es ningún prodigio de buena vista–, el pasajero corpulento vuelve sobre sus pasos y comienza a seguirlo. Acelera bastante, luego no demasiado, luego tan sólo un poco. Ahora se diría que ambos caminan juntos. Entonces el hombre corpulento, sin mayores retóricas, descubre una navaja. Y así, sin precaución de ninguna clase ni respeto por el *tempo* narrativo, el hombre se dispone a posar su mano libre –precisemos que la izquierda, pues en estos casos la exactitud es de suma importancia– encima de un hombro de No Henry. Este se vuelve sin pensar nada en particular, o quién sabe si pensando en cierto verso que lo ha conmovido especialmente durante la lectura del librito color malva. La navaja lo espera como una aparición.

Teniendo en cuenta el estado de nervios del agresor, y considerando que los reflejos de alguien distraído pueden saltar como resortes, no conviene descartar ningún desenlace. Dado que además –confesémoslo ya: ¡el lector se merece la verdad!– ese joven soy yo, puede decirse que estoy en serios, serios problemas.

Pero como gracias a la perseverancia en el oficio literario uno ha ido adquiriendo alguna que otra astucia, dejaré que sea *él* quien padezca el terrible asalto, él quien se las componga con tan comprometedora anécdota, mientras yo me dedico a proseguir, silbando, con este más que lindo paseo hacia el crepúsculo.

Granada/Buenos Aires, 2000-2004

APÉNDICE CURIOSO*

DODECÁLOGOS DE UN CUENTISTA

*El texto que usted escribe debe
probarme que me desea.*

ROLAND BARTHES

* Los vicios son tenaces: al igual que en los anteriores libros de cuentos, incluyo aquí un breve epílogo sobre el género. La teoría en la que confío no viene antes, sino después de la escritura. No la planea, la va descubriendo. O quizás esa teoría se forme *durante* la escritura, como un cuaderno de bitácora de la asombrada práctica. Se ofrecen a continuación dos subjetivos dodecálogos. El primero, ahora corregido, iniciaba el epílogo de *El último minuto*. El segundo dodecálogo es nuevo y lo complementa. Ojalá alumbren. (A. N.)

Dodecálogo de un cuentista

I

Contar un cuento es saber guardar un secreto.

II

Aunque hablen en pretérito, los cuentos suceden siempre *ahora*. No hay tiempo para más y ni falta que hace.

III

El excesivo desarrollo de la acción es la anemia del cuento, o su muerte por asfixia.

IV

En las primeras líneas un cuento se juega la vida; en las últimas líneas, la resurrección. En cuanto al título, paradójicamente, si es demasiado brillante se olvida pronto.

V

Los personajes no se presentan: actúan.

VI
La atmósfera puede ser lo más memorable del argumento. La mirada, el personaje principal.

VII
El lirismo contenido produce magia. El lirismo sin freno, trucos.

VIII
La voz del narrador tiene tanta importancia que no siempre conviene que se escuche.

IX
Corregir: reducir.

X
El talento es el ritmo. Los problemas más sutiles empiezan en la puntuación.

XI
En el cuento, un minuto puede ser eterno y la eternidad caber en un minuto.

XII
Narrar es seducir: jamás satisfagas del todo la curiosidad del lector.

Nuevo dodecálogo de un cuentista

I

Si no emociona, no cuenta.

II

La brevedad no es un fenómeno de escalas. La brevedad requiere sus propias estructuras.

III

En la extraña casa del cuento los detalles son los pilares y el asunto principal, el tejado.

IV

Lo bello ha de ser preciso como lo preciso ha de ser bello. Adjetivos: semillas del cuentista.

V

Unidad de efecto no significa que todos los elementos del relato deban converger en el mismo punto. Distraer: organizar la atención.

VI

Anillo afortunado: a quien escribe cuentos le ocurren cosas, a quien le ocurren cosas escribe cuentos.

VII

Los personajes aparecen en el cuento como por casualidad, pasan de largo y siguen viviendo.

VIII

Nada más trivial, narrativamente hablando, que un diálogo demasiado trascendente.

IX

Los buenos argumentos jamás pierden el tiempo argumentando.

X

Adentrarse en lo exterior. Las descripciones no son desvíos, sino atajos.

XI

Un cuento sabe cuándo finaliza y se encarga de manifestarlo. Suele terminar antes, mucho antes que la vanidad del narrador.

XII

Un decálogo no es ejemplar ni necesariamente transferible. Un dodecálogo, muchísimo menos.

Este libro se terminó
de imprimir en abril de 2007